何卿澜电影作品集

当代中国文学书库

何卿澜 ◎ 著

中国文联出版社

图书在版编目（CIP）数据

何卿澜电影作品集 / 何卿澜著 . -- 北京：中国文
联出版社，2023.6

ISBN 978 - 7 - 5190 - 5191 - 4

Ⅰ . ①何… Ⅱ . ①何… Ⅲ . ①电影文学剧本—作品集
—中国—现代 Ⅳ . ①I235.1

中国国家版本馆 CIP 数据核字（2023）第 092226 号

著　　者　何卿澜

责任编辑　胡　笋

责任校对　乔宇佳

装帧设计　中联华文

出版发行　中国文联出版社

地　　址　北京市朝阳区农展馆南里 10 号　　　邮编　100125

电　　话　010 - 85923025（发行部）　　　　85923091（总编室）

经　　销　全国新华书店等

印　　刷　三河市华东印刷有限公司

开　　本　710 毫米×1000 毫米　　1/16

印　　张　14.5

字　　数　222 千字

版　　次　2023 年 6 月第 1 版第 1 次印刷

定　　价　58.00 元

序

印星林

中国的影视行业，最近几年常有爆款出现。电影行业里的沈腾、吴京，郭帆等，都是新人携带爆款新作。二十23年开年电视剧出了一个爆款《狂飙》，引发全民追剧热潮。张颂文成了影视新贵，但他也是影视行业的老人。于是我有感而发，影视行业里，"新人"，永远是难能可贵的源泉，是这个行业后浪推前浪的动力。

我的好友张心怡教授请我为何卿澜的电影剧本集写篇序言，我却颇犹豫，迟迟没有下笔。有点不敢写，也担心写不好。

初识何卿澜，是我在淮安的时候，被朋友拉去电影《枪不打四》的片场探班。去之前我就想，得是个什么样的编剧，会有这么大的胆子，敢在淮安，掼蛋文化的发源地，写一部关于打掼蛋的电影，还要在片场把握拍摄细节，敢这么做的编剧，想必是个有些勇武的男生。

到了片场我才发现，编剧竟然是个文文静静的女生，有些柔弱，很安静，细声细语地跟副导演交流，抠细节，笃定要在电影中增加淮安元素。我的第一感受，这是个有情怀的年轻人，她应该很爱自己的家乡。能够把爱家乡、宣传家乡作为使命的年轻人，利用电影镜头展示家乡的年轻人，虽然说她有"私心"，却是正大光明的私心，我内心是敬重她的。

这一点就像郭帆在电影《流浪地球》里加入"济宁"元素一样。这在非投资不给加镜头的影视规则里，是难能可贵的。利用换场景的时间，与她进行了短暂的交流，才知道她竟然还没毕业，是在校生。

何卿澜是一个在苏南长大的孩子，在同龄人还没有想明白该做什么的时候，她就已经小有成就。我看过她的几个电影剧本，生活气息浓郁，文笔清新，有家国情怀。对于一个年轻人来说，已经非常厉害了。长江后浪推前浪，江山代有才人出。

我这一代已经快拿不动笔杆子，也几乎很少开电脑打字了。我很欣慰有何卿澜这样的年轻人，我坚信不只是她一个，而是一代人，在逐渐崭露头角。我能够把他们扶上马，送一程，何乐不为呢？

写作有艰难，孤灯清影，没日没夜。这其中的辛苦，想必她已经在过去的几年中体会过了。写作的单调没有把她吓倒，她还在勤奋写作，笔耕不辍，我非常欣慰。这个剧本集中的几个电影剧本，让我看到了在过去几年中她的成就，也让我更加期待，在不久的将来，她会创作出更好的作品，到时候，如果有幸被邀请，我还来给她写序。

加油，何卿澜，我看好你！

加油，中国的电影行业！

2023 年 2 月 22 日

于金陵紫金山下

目录

黑白道

扬州街头　　日　　外

街头有人喊：快点，黄龙士！汪爷等得有点急了。

黄龙士低头急匆匆走过，嘴里念念有词，应道：来了！来了！

［女扮男装的王晴和小翠对面走过，黄龙士一不小心撞上王晴。］

小翠作势要打黄龙士：什么人，如此大胆，敢撞我家公子？

王晴喝住小翠：不得无礼！

黄龙士作揖：多有冒犯，在下实在有急事，请见谅。

［黄龙士离开。］

望着黄龙士远去的背影，王晴微笑：有涵养，我喜欢。

扬州一茶馆　　日　　内

［一群茶客正在讲围棋新闻。］

茶客甲：各位，各位，不知道是否听说最近京城里的一件大事？

茶客乙疑惑：什么大事？不会是朝廷征三藩，节节胜利的事吧？这个大家都知道，不要讲了。

茶客甲得意：日本最近派一围棋高手到朝廷，要与我大清高手请教，几场下来，吓得京城几大高手四处求援。主持理藩院的醇亲王正四处寻找高手，扬我大清国威。

［这时，王晴和小翠走进茶馆坐下。］

伙计迎上：客官，来点什么？

小翠：一壶铁观音。

伙计：好嘞！一壶铁观音。

茶客甲：大家赶快坐好，汪爷和姓黄的小子马上就要开始比赛了。

[墙上挂起一张棋盘，正准备现场演示这场比赛。]

茶客乙：这次汪爷碰到这么个蹊跷事，也真够呛！汪府高手如云，怎么全败给姓黄的那个小子了？今天汪爷亲自出手，姓黄的这小子算栽了。

汪府客厅　　　日　　内

[汪汉年和黄龙士正襟危坐在棋局两侧。]

[黄龙士比较沉稳，汪汉年明显焦虑。]

[每走一步棋，就有人传出去。]

扬州一茶馆　　　日　　内

[茶客纷纷望着棋盘上的走势。]

茶客甲：这次，汪爷彻底栽了，姓黄的这小子优势不止一点点。

茶客乙：五局已经输了四局，完了。

扬州周东侯家　　　日　　内

徐星友报告：舵主，这次和汪师兄对阵的黄龙士到底什么来路？

周东侯：他是妙一方丈的高足。

徐星友：妙一方丈？净业寺方丈？从来没有听说过净业寺方丈会下围棋。

周东侯：那是四五十年前的事情了。那个时候没有妙一方丈，只有李元兆。天地会当时得到一本秘籍——《弈经》，清军进攻扬州的时候，我们怕这本书丢失。可是由谁保管呢？大家争来争去，决定谁赢了谁保管。大家于是下了三天三夜。

扬州天地会大厅　　　日　　内（闪回）

[少年周东侯、李元兆（妙一）下棋，黄锦云等人在一旁观看。]

黄锦云问周东侯：周兄，我们各分舵什么时候出去？

李元兆（妙一）：不用着急，清军这会儿还攻不进来。

周东侯徐徐站起，抱拳：弟认输。

黄锦云拿起一个锦盒：那按照我们的约定，这本《弈经》当由李兄保管。

有人跑进来：不好，清军攻进城了。

李元兆（妙一）：不好，误了总舵主的大事。兄弟们，赶快冲出去。

[众人拿起武器冲出。]

扬州街头　　　日　　内

[黄锦云、李元兆（妙一）等人与清军相遇。]

[黄锦云、李元兆（妙一）等人与清军打斗。]

黄锦云身受重伤，临终托付李元兆（妙一）：请李兄代为照顾犬子黄龙士……我等因下棋误事……小儿就不要再下棋了……

李元兆（妙一）：黄兄放心，小弟记住了。

[（闪回完）]

扬州周东侯家　　　日　　内

周东侯继续回忆：我经过一番厮杀，终于逃了出来。李元兆被清军抓住，后来不知怎么回事，就出家了。从此，多了位妙一和尚，他不问世事，再也没有参加天地会，从此也没有下过棋。

周如慧进来：爹爹。（转向徐星友）见过徐师兄。

周东侯：你来得正好。这次机会难得。我们等了这么多年，终于有了一个好机会。

周如慧：爹爹是讲日本人挑战的事情？

周东侯：正是。只要我们天地会的人能够和日本人对阵，观战的康熙小皇帝想跑也难。

徐星友：现在能和师傅您老人家切磋的人不多，到时候可能还是要师傅亲自上阵了。

周东侯：如果真是那样，老夫也只能拼死一搏了。星友，你即刻启程到京城，在我们的商行里密切注视下棋那边的动静，尤其是盛大有的弈乐园里的高手。慧儿给我盯着黄龙士，如果这小子是个人才，那就好办了。顺带打听打听那本《弈经》的下落。

周如慧：对了，这次姜堰的会船节很热闹，我能不能去看一下？

周东侯：这有何难？这次姜堰会船节，我们也要准备一艘会船，以展现我天地会的威风。

扬州净业寺　　日　　内

妙一和尚叮嘱黄龙士：龙士，我受你父亲之托，也教了你八九年了。你也该回姜堰了，老衲平生所学，不过是棋而已，至于四书五经之类的，不过略懂一二。我们不会去考满洲人的科举，知道一点天文地理就可以了。下棋不是与人争斗。如果这次和汪施主一战成名，你以后再想清静也难了。

黄龙士：徒儿知道了。

妙一和尚：你大可不必说出自我门下，我已经二十几年没有和人对弈了，不能破坏佛门清净。

黄龙士：师傅棋力如此深厚，这样岂不是可惜了吗？

妙一和尚微笑：万事皆空，一如万事，慢慢你就会明白了。这次回到姜堰，多帮帮令堂，你家的生意全是令堂主持，一个妇道人家真不容易。

黄龙士：是。（转身出去）

[王晴和小翠走出。]

王晴问：大师，您的办法管用吗？

[妙一笑而不答。]

姜堰黄龙士家　　夜　　内

[黄母与黄龙士讲立家的道理。]

黄母：龙儿，这些午你在净业寺从妙一方丈学习，我们家靠娘一个人支撑，这些年茶叶生意还不错。清军来了以后，我们这里的人就不再指望科举出人头地了。不能只靠下棋，你还需要学做生意，到时候养家。

黄龙士：母亲教训得对。（从身后拿出一百两银子）这些是龙儿孝敬母亲的。

黄母接过，看了一眼，感到惊奇：你哪里来的这么多银两？

黄龙士：这是和扬州盐商下棋的彩头，请母亲收下，也算儿子尽了一片孝心。

黄母：也难得你一片孝心，明天让伙计带你到家里的茶叶行转一转，不能天天想着下棋。

溱湖楼船　　日　　外

〔一条搭了两层台子的楼船，披红挂绿，楼船挂着两条红布黄字对联，上下联：祈太平饮水思源，逢盛世百姓安康。横联：天佑溱湖。〕

（近景）一老者（主祭人）在船头唱颂：康熙五年清明节翌日，溱湖四乡八邻官民人等会船溱湖，祭拜东海龙王、屈原大夫、抗倭神童和阵亡将士……

〔老者捧香走近香炉上香。〕

主持人：一叩首……

〔老者叩首。周围船上船手持篙行注目礼，其余人叩拜或合十鞠躬……〕

主持人：二叩首……

〔如前叩首等。〕

主持人：三叩首……

〔如前叩首等。〕

溱湖湖面　　日　　外

〔观看的人欢呼起来，船上的人和观看的人一起唱起《撑会船》这首歌来：〕

下，下！（合）

撑会船唻哎嗨，

竹篙一下水飞花唻，

惊起满湖鱼和虾哟！

岳帅抗金留英名哎，

英雄气概传万家啰！

下，下下！（合）

下，下！（合）
撑会船唻哎嗨，
竹篙一下水飞花唻，
汗水和着湖水洒哟！
当年会船抗倭寇哎，
篙做刀枪船做马啰！
下，下下！（合）

下，下！（合）
撑会船唻哎嗨，
竹篙一下水飞花唻，
湖种莲藕岸禾稼哟！
太平盛世颂盛世哎，
鱼米之乡美如画啰！
下，下下！（合）

湖边观景台　　日　　外

［黄龙士陪同黄母看会船。］

黄母：自清顺治以来，这是首次会船节。当年岳爷爷用会船打败了金兵，前些年姜堰老百姓靠会船抵抗了清军进攻，清军来了，就不准许会船节了。这次多亏有人想了一个办法，说会船节是纪念屈原大夫投江的。这样官府就没有理由阻拦了。

湖面会船　　日　　外

［周如慧率领的天地会的会船和王晴率领的姜堰官府的会船比得难分难解。］

［王晴眼看周如慧他们超到前面。］

［王晴飞跃到天地会的会船上，和周如慧一番打斗，不分上下。］

王晴：看在你是个女流的分上，今天就不和你计较了。不过，你不让我们赢，我会让姜堰县令把你们抓起来。

周如慧愤愤：无耻！

［观众看得目瞪口呆。］

姜堰城街头　　日　外

［姜堰街头风景。］

黄母交代：下棋不能当饭吃，有工夫要学一学做生意。

［黄龙士点头诺诺。］

［黄母感觉边上没有了黄龙士，原来，黄龙士正在看别人下棋。］

［王晴和小翠在不远的小摊上坐着。］

周如慧在不远处的拐角观察黄龙士，突然看到王晴，有些纳闷：这个官家少爷怎么也在这里呢？

黄家茶叶行　　日　内

［黄龙士来到茶行。］

伙计参拜黄龙士：少爷好。

黄龙士：大家好！平时我不在家，店里的生意多亏了各位照应，这次回来后，要向各位多多请教。

众伙计：哪里哪里，少爷太客气了。

黄龙士：好，大家都干活去吧。

黄龙士叫过一个熟悉的伙计：你告诉我，我们店里有没有下棋下得特别好的？

［这时王晴和小翠走了进来。］

小翠故意喊：店里有没有人？买茶叶。

黄龙士走过来：有人有人，客官要多少？（看清楚是这两位后）对不起二位，本店的茶叶已经卖完了，二位到别的地方转转。

小翠指着柜台上的茶叶责问：这是什么？

黄龙士：这是别人预定好的。

黄母从后面走出：二位客官是要买茶叶？好说好说，小儿今天第一次到店里，还不懂规矩，二位客官海涵。

王晴：你家现在库存还有多少茶叶？

黄母：上千斤总归是有的，二位要多少？

王晴：我们全要了。

黄母和众伙计感到惊奇：全要了？

王晴：不过我有个要求。

黄母：价格好说。

王晴：我不在乎价格。我先付一半货款，贵茶行也派人随同，货物抵京，带回另外一半货款。

黄母：这个好办。我派一个得力的伙计跟着。

王晴：我就看着你家公子顺眼，您就派他去吧。

黄母有些诧异，很快脸上堆满了笑容：没问题，没问题，小儿正要出去历练历练。

王晴冲着黄龙士笑嘻嘻的（画外音）：我就不怕治不服你这个愣小子！

黄龙士（画外音）：我倒想看看你们葫芦里卖的什么药！

扬州大运河码头　　日　　外

［伙计正把茶叶往船上装。］

王晴：黄公子，这次我们从陆路进京，不知道黄公子能否适应舟车劳顿，要不然我们雇个轿子？

黄龙士：王兄也太小看人了，你能骑马，我也能骑马。

王晴：有志气！那明天我们就出发。

黄龙士：还有一事相求，我还要向家父和师傅告别。

王晴：好，那就后天准时出发。

墓地　　日　　外

［黄龙士在父亲的墓地向父亲告别，黄母在侧。］

黄母：锦云，龙儿已经长大了，现在已经能为家里做事了，这次赴京，刚好锻炼锻炼。

黄龙士：父亲，妙一方丈教给了孩儿各种做人的道理。有一件事情还要请父亲恕罪，妙一方丈害怕后继无人，把他所有的棋艺都传给了孩儿，还望父亲原谅。

黄母：你爹会原谅你的，他当年也是嗜棋如命。不过，龙儿你要当心这个王公子，是敌是友还很难说。上次会船节上，他和官府的关系不同一般。这次买我们的茶叶，还没看出有什么恶意，反正你还是要小心点。

扬州净业寺　　日　　内

[黄龙士和妙一告别。]

妙一：这次出去，刚好到处看看，你天资聪慧、宅心仁厚，不论遇到什么事情，肯定都能逢凶化吉的。不论做什么事，都要尽心。

黄龙士：徒儿记住了。

妙一：为师还有一事相托，有位朋友家的女儿刚好要到京城，她一个姑娘家千里迢迢到京城，有些不安全，你能不能带上她，和你们一起走？

黄龙士：师傅之命，徒儿全力以赴。

妙一吩咐边上小和尚：请周姑娘出来。

周如慧出来。

黄龙士很惊奇：原来是她。

[妙一点点头。]

扬州驿站　　日　　外

[王晴、小翠、黄龙士等一行人出发。]

黄龙士走上来和王晴打招呼：王兄，有一事相求，请恕小弟鲁莽。

王晴：什么事？

黄龙士：在下一位亲戚刚好要到京城，一位姑娘家独自上京，家里有些不放心，因此托付在下护送。

王晴：我以为什么事呢，好说好说！只怕我等粗鄙之人惊扰了姑娘。人在哪呢？

黄龙士指着近处的马车：马上就到。

［周如慧走下马车。］

王晴：怎么是你？

周如慧：为什么不能是我？上次会船节，王公子仗势欺人，这次看在你和我黄家表哥做生意的分上，暂时原谅你了。

王晴：姓黄的，你什么时候有这么一个表妹？上次，我吃她的亏不少。这次要护送她到北京，对了，不知道是她护送你，还是你护送她？

黄龙士和稀泥：大家消消气，纯属误会。这次上京城，大家还是要互相照应的。王兄和周表妹不打不相识，肯定有缘分。

周如慧：我才不要和他有缘分。

王晴装痞：缘分，我一看就有缘分。小翠，去赶马车。

小翠：好。

驿道　　　日　　　外

［几人的背影越来越远。］

周东侯家　　　日　　　内

周三向周东侯报告：报告舵主，小姐已经和黄龙士上路了。同行的还有一位京城的茶叶商，就是上次在溱湖会船节上和我们比武的那位王公子。

周东侯：继续让各地的兄弟们跟着。

驿道　　　昏　　　外

王晴：天色已晚，黄兄看我们是否找个客栈歇息，明天再赶路？

黄龙士：让我问问周姑娘。

周如慧：二位哥哥看着办就是了。

王晴得意（画外音）：我也成哥哥了？

悦来客栈　　　夜　　　内

老板远远打招呼：几位客官请。

王晴：收拾四个房间。

老板：好嘞。

周如慧房间　　夜　　内

[周如慧一身夜行衣，跳出窗外。]

王晴房间外　　夜　　外

[周如慧正在偷听两人讲话。]

王晴房间　　夜　　内

[王晴正和小翠讲话。]

小翠：这个黄龙士好像和周如慧以前不认识。

王晴：不要多管闲事。

[外面发出声响。]

王晴小声喝道：谁？

[王晴纵身跳出窗户。]

客店外　　夜　　外

[王晴追赶周如慧，王晴和周如慧打斗。]

[周如慧跑掉。]

[王晴捡到周如慧的一支玉簪。]

客店外　　晨　　外

[黄龙士、王晴、小翠正在等周如慧。]

黄龙士：周姑娘，我们都准备好了，就要启程了。

[周如慧走出。]

王晴盯着周如慧：昨晚没有休息好吧？

周如慧脸一红，随即镇定：王公子真喜欢讲笑话。

王晴大喊：小翠，赶车。

某山寨大厅　　夜　　内

［山寨头领正看着一封书信。］

头领对军师说：天地会的周老大讲有个茶叶商，最近要从山寨附近通过，要我们设法弄清楚这个茶叶商的来历。周家女儿周如慧也在这个车队里，可以做内应。

驿道　　日　　外

周如慧唱民歌：

溱湖的水呀甜又甜，

农家妹子赛天仙，

巧手绣得七彩霞，

美貌沉鱼又落雁。

黄龙士接唱：

溱湖的水呀香又香，

农家汉子胜牛郎，

下田挑得千斤担，

上船行得万里洋。

黄龙士问：周姑娘从小长在扬州，怎么会唱我们姜堰的民歌？

周如慧：我外祖母是姜堰人。

王晴：不许再唱了，小心把狼引来。

［黄龙士等人走到了两山之间。］

有过来客商提醒：前方有强盗出没，路过要小心。

［大家都有些紧张。］

驿道两旁山上　　日　　外

［几名强盗正远远看着黄龙士的车队走过。］

驿站饭店　　夜　　内

[黄龙士一行围着桌子吃饭。]

黄龙士突然感觉有点头晕，几人都倒在地上。

院子里　　夜　　外

[火把通明。]

[强盗突审黄龙士一行。]

黄龙士慢慢醒过来，缓了半天神，终于明白怎么回事了，大叫：我是老板，有什么事冲我来。

小喽啰：喊什么喊，等我们老大出来要你好看。

黄龙士四处张望，没有看见周如慧，大喊：你们把周姑娘弄到哪里去了？

山寨房间里　　夜　　内

[山寨头领向周如慧交代情况。]

头领：事情太仓促，希望没有惊吓到周姑娘。

周如慧：都是自己人，就不要这么客气了。不过我认为现在还不是时候，那个王晴，我们现在还不清楚他的底细。

院子里　　夜　　外

外面一阵吵闹，有人喊：快跑，官兵来了。

[几个小喽啰赶快撤走。]

[周如慧出来给大家松绑。]

[大家有点纳闷。]

周如慧：吃饭的时候，我没有胃口，侥幸逃过一劫，然后我在远处一直看着，一有机会就来解救大家。

醇亲王府　　日　　内

[醇亲王正在问盛大有有关棋手选拔的情况。]

醇亲王：这次比赛，非同小可。皇上富于春秋，御驾亲临现场。这倭寇做事也太嚣张了点，我们如果不能找个一定能赢的高手，也实在太损我天朝威风了。

盛大有：最近弈乐园也来了几名高手，不过棋艺还没有到炉火纯青的地步。小可上次和那倭寇对阵，打了个平手。放眼朝廷，能打败的高手，寥寥几人而已。扬州的周东侯，不知道愿不愿意来。

醇亲王：扬州的高手，我已托一位故人打听，他已推荐了一人，已动身到京城来了，到时候你先试试他的棋力。

盛大有：奴才明白。

驿道　　日　　外

[一行人赶路。]

王晴：黄兄，走了这么长时间，你看要不要歇息一会儿？

黄龙士：悉听尊便。

[众人休息。]

黄龙士和周如慧讲话：周姑娘累不累？

周如慧摇摇头：还好。

小翠来到王晴身边：格格（忙捂嘴），公子，不知道这个周如慧捣什么鬼！明明和强盗是一伙的，还要装好人来救咱们，气死我了。

王晴：我也没有弄明白。上次在客栈偷听我们的讲话，我以为她是保护那个黄龙士的，也就没在意。不过不能急，我们见机行事。

黄龙士远远喊：王兄，前面好像有个小饭馆，我们到那去休息吧。

驿道上的小饭店　　日　　内

[四个人在一桌吃饭。]

[旁边桌上两位壮汉正在吹嘘。]

壮汉甲：这次平三藩，征吴三桂，爷们是卖了大力了。

壮汉乙：你一个做饭的，你卖什么力？

壮汉甲：卖什么力？那可不是吹的，三尺的锅，背在身上，逢山过山，逢水过水。这口大锅，是个宝贝，吴三桂的箭射过来，一点事儿都没有。

壮汉乙：感情哥哥根本没有打过仗啊？

壮汉甲：什么叫没有打过仗，不是没赶上，吴三桂已经败了吗？

周如慧不由自主地惊呼：平西王败了？

黄龙士怕多事：来来，吃饭吃饭。

王晴：大惊小怪的，吴三桂反叛朝廷，早晚有这么一天。

黄龙士：请教王兄，吴三桂本是汉人，当年迫不得已投降，现在重新做汉人的官，说不上什么反叛朝廷了吧？

王晴：黄兄有所不知，满清入关以来，满汉同心协力，共建新朝。大清不仅是满人的大清，还是汉人的大清。更何况当今皇上，励精图治、奋发图强、不论满汉、一视同仁。吴三桂当年背叛明朝，现如今又狼子野心，胡说什么汉人满人之分，不败才怪。

众人叫好：这位小哥有见识！

周如慧：好什么好，朝廷这么好，为什么当年清兵扬州屠城，死了那么多人？

［黄龙士黯然。］

小饭店外　　日　　外

［四人走出，准备出发。］

小翠拉住王晴：公子，我们的盘缠上次被强盗抢了，所剩不多。

王晴：不用着急，我自有妙计。

王晴追上黄龙士。四人出发。

驿道　　日　　外

［四人行进。］

王晴：有一事和黄兄相商。

黄龙士：王兄请讲。

王晴：上次遇匪，虽侥幸逃脱，不过盘缠被抢。这样下来，我们只能走到济南府。

黄龙士：实在是我拖累了王兄，在下手无缚鸡之力，要不然，当冲入匪穴，夺回盘缠。

王晴笑：难为黄兄一片侠心。不过，要想弄点钱，也不难。

黄龙士：在下见识过王兄在会船上的绝世武功，不过，为了一点川资，犯不着我们去抢吧？

王晴作势生气：说什么呢？合着，在黄兄眼里，我是一个具有强盗气质的人？

黄龙士：在下实在想不出还有什么可以弄钱的办法。

王晴坏笑，指指马车：不行，我们把它卖了？

黄龙士：万万不可。

王晴：玩笑而已，你到时听我的安排就可以了。

济南府街道边棋摊　　　日　　外

［四人从街道走过。］

［两人对弈，争嘴。］

棋客甲：老小子，这次输得心服口服了吧？

棋客乙：是个爷们还敢再下一局？

棋客甲：我没有这么多闲工夫和你啰唆。我还要去看"输不了"今天能赢多少。

棋客乙：你看你也没有那个命。昨天，"输不了"可是赢了六百两银子。

棋客甲：少啰唆，散了吧，我们去瞧瞧。

棋客乙：好咧！

黄龙士自言自语：六百两？

王晴：怎么样？这次全看你的了。

茶馆　　　日　　内

［"输不了"一人喝茶，他的面前一张棋盘，对面的座位空着。］

有人打趣：老爷子，昨天河南六位棋手怎么这么傻，一个不行了，下面的人就都不要上了，这样也不至于让你老人家赚得太多。

"输不了"严肃：你们哪里知道，这几个人准备用车轮战术拖垮我。不过，他们想错了，老夫岂能让这几个小毛孩吓趴下。

这人继续：那老爷子今天怎么不在家里休息休息，昨天动静这么大，今天还有人敢来呀？

"输不了"：你们有所不知，日本人上个月在京城连续战胜我清朝几大高手，"输不了"不是见钱眼开的人，如果再有几天时间，他没有对手，老夫不才，愿为国家效犬马之劳。

［这时，黄龙士四人进来。三人坐下，黄龙士径直向"输不了"对面走去。］

［黄龙士在空位上坐下。众人皆围观。］

有人劝告：小子，这个座位不是随便坐的，你带银子了吗？

有人威胁：昨天这个座位上的人可是输了六百两银子，你可要想好。

黄龙士站起抱拳一圈：在下姜堰黄龙士，路过宝地，盘缠不够，出此下策，各位见笑！

"输不了"抬手示意安静：这位小兄弟，难道你不知道吗？老夫一定要先看到银两才下棋。

王晴大喊：这有何难？（拿出货引）一万斤茶叶，够了吗？

"输不了"：爽快，老夫出五百两，一局定胜负。

黄龙士：承让。

扬州周东侯家里　　夜　内

［下人向周东侯报告。］

周三：舵主，京城上个月弈乐园没有多少高手，盛大有根本没有出来过，倒是济南的"输不了"连输了五局。

周东侯：谁下赢了"输不了"？

周三：姜堰的黄龙士。小姐当时在场。

周东侯沉思：看来这个黄龙士还真是个厉害的角色。老夫和盛大有肯定有一场恶战，不过，现在看来，如果不需要老夫出手，黄龙士就把盛大有解决了，事情就好办多了。

周三讲述：本来一盘定输赢。不过"输不了"急了，一定要再下，并以每局五百两银子作为彩头，结果，两千五百两银子成了黄龙士的了。不过，黄龙士只拿走了五百两，还讲是借的。

周东侯：哦，看来这个黄龙士的人品还不错。

醇亲王府　　　夜　　　内

［盛大有向醇亲王报告。］

盛大有：王爷，看来姜堰黄龙士是位不容小觑的人物。济南的"输不了"，奴才只能让他三子而已，黄龙士能连续轻取他五局，着实不易。

醇亲王：圣上今日早朝还在问棋手的事，这个事情要抓紧。那个日本人没事就往理藩院跑，旁若无人。没办法啊，现在没有必胜的人选，我们只能再忍一忍。

盛大有：王爷，我们是不是得找人试一下黄龙士？

醇亲王微笑：别急，我早有准备。

京城城门　　　日　　　外

［黄龙士四人进城。门卒检查。］

门卒拿着个画像，走到王晴身边：叫什么名字？

王晴：爷的名字也是你问的？

门卒：够横，走，我们大爷要问你话。

王晴扭头：你们等我一会儿，我去去就来。

城门边小屋　　　日　　　内

［王晴走进。］

盛大有问安：奴才参见晴格格。

王晴：起来吧。

盛大有：王爷让奴才在此恭候格格，有什么事，尽管吩咐。

王晴：找一处茶叶行，我最近不回王府，就在茶叶行住。

盛大有：奴才明白。

京城城门　　日　　外

[王晴走来。]

小翠大声问：公子没事吧？

王晴：能有什么事？说我和抢匪有些像，白长了眼睛，谁见过有本公子这种气质的抢匪？

黄龙士：没事就好，大家赶快走吧。

徐星友家大门口　　日　　外

[黄龙士一行人来到徐星友家。扬州天地会京城据点。]

徐星友在门口迎接：各位辛苦，小妹如慧这一路承蒙各位照顾。在下略备薄酒，为各位洗尘。

王晴拱手：多谢美意，怎奈生意缠身，改日再来叨扰，黄兄随我到茶行去歇息吧。

徐星友：这个就不劳王兄费心了，黄兄和我们都是姜堰的亲戚，哪里有亲戚来了住在别人家的道理？

王晴：那就恭敬不如从命，过两天，再来打扰黄兄。

醇亲王府　　日　　内

[晴格格一身女装，向醇亲王报告。]

晴格格：这次女儿下江南，不虚此行，姜堰黄龙士一定能够打败那个日本高手。

醇亲王：此事不易操之过急，先看一看他能不能打败盛大有。

晴格格：这个黄龙士好像不想下棋，只想拿到钱回家。

醇亲王：这个简单，我现在担心一件事，你这次到姜堰参加会船节，惊动姜堰知县了吧？

晴格格惊奇：阿玛怎么知道？

醇亲王：你这次动静弄得大了。朝廷对江南以安抚为主，天地会这些年也没有彻底剿灭，就是这个道理。你这次倒好，姜堰知县呈报朝廷，讲天地会借赛会船名义准备谋反，圣上正派人在查。这次日本人的事情，估计天地会也不会闲着，朝廷也想借这次比赛的事，探探天地会的虚实。

晴格格：反正黄龙士也不是天地会的人，他和日本人比赛不是刚好吗？

醇亲王：天底下哪里有这么简单的事？你现在要做的是先让黄龙士和盛大有比试一场，我们再做打算。

徐星友家大厅　　日　　内

[徐星友接待黄龙士。]

徐星友：这次辛苦黄兄照顾师妹到京。

黄龙士：受恩师之托，此等小事，不足挂齿。

徐星友：这位买茶叶的王老板，我看不像个生意人。

黄龙士：徐兄有所不知，他买了我们家的所有茶叶，不是生意人，买茶叶有何用呢？

徐星友苦笑：那就天知道了。

徐星友家书房　　夜　　内

[徐星友和周如慧交谈。]

徐星友：这次上京城，师妹辛苦了。

周如慧：我实在没有弄清楚这个王晴到底是干什么的，在姜堰，县官要买他的账。他买茶叶肯定是假，姜堰这么多茶叶，为什么只买黄家的？看来，他对黄龙士感兴趣。不过，这个黄龙士真有这么大用处吗？

徐星友：这和师傅想的差不多。师傅猜测这个王晴是盛大有的人，盛大有可能要网罗天下围棋高手，那对我们肯定很不利。这个黄龙士的棋艺高深莫测，万一被盛大有拉拢过去，到时候会成为师傅的障碍。

周如慧：这个放心，妙一方丈的徒弟，不会是我们的敌人的。我们现在要做的事情是让黄龙士去弈乐园试试身手。

徐星友：对！比赛过后，师傅心里就有底了。

醇亲王府格格房间　　夜　　内

晴格格吩咐小翠：这几天，你给我盯着周如慧。

小翠：是，格格。

街上　　日　　外

［徐星友带着黄龙士和周如慧逛街。］

［黄龙士和周如慧有说有笑。］

［小翠在远处看着。］

弈乐园对面茶馆　　日　　内

［徐星友、黄龙士、周如慧三人在茶馆休息。］

徐星友指指对面：听说黄兄棋艺高超，下赢了济南的"输不了"。黄兄知道京城谁的棋艺最高？

黄龙士：在下一介山村野夫，躬耕于姜堰，哪里有能力通晓京城的事？

徐星友：黄兄太自谦了。在京城下棋的人都知道弈乐园，因为没有人能下赢弈乐园园主盛大有。

黄龙士：这样，我倒想会会这个盛大有。

周如慧：是啊。黄师兄在姜堰可能是下得最好的。但是天下之大，藏龙卧虎，京城不比姜堰，说不定能和黄师兄切磋的人有很多呢。

小翠：黄公子，我们公子请您过去谈事。

黄龙士向徐星友、周如慧告别：在下还有家中生意要谈，不打扰了。

［徐星友向周如慧使眼色跟踪黄龙士。］

醇亲王府后花园　　日　　外

［假山上的凉亭。小翠倒水。］

黄龙士：王兄家有这么大的花园，看来非富即贵。

王晴：惭愧惭愧，我家爷爷积攒下来一点钱，盖了这处房子，不想到了家父这一辈，就说不出口了。这次请黄兄来，就是为了这件事情，唉，实在说不出口。

黄龙士：王兄不用客气，有话请讲。

王晴：家父喜欢下棋，不过有个嗜好，喜欢赌钱。这次倒好，把茶叶的货款也押了进去，我现在拿不出来这么多银子归还黄兄家的欠款了。

黄龙士：这个好办，我可以多住几日，正好去会会前辈盛大有。

王晴：黄兄真是帮了我家一个大忙，这段时间我再想想别的办法。

弈乐园门口　　日　　外

[黄龙士来到弈乐园大门往里闯。]

坐在椅上打瞌睡的门房忽然起身看见他：嘿，小子，逛天桥呢，随随便便就往里走？

黄龙士一愣，忙转身鞠躬：哦，对不起，我只想着拜见盛老前辈，忘了跟您打招呼了。

门房：打招呼？你把我们当看门狗呀！知道弈乐园是啥地儿？天下一等一的棋馆！不是一等一的棋手，门儿也别想进！嗯，听口音是江南人吧，说吧，是盛老爷子哪门亲戚？

黄龙士：不，不是。我是扬州府辖下姜堰人。姓黄名虬，又名霞，字龙士，号月天。

门房：好了好了，什么球呀虾的，没听说过这么啰唆的名号。说吧，是盛老爷子什么亲？

黄龙士：没亲。我是……

门房：没亲？走吧走吧，尽耽误我好梦！

黄龙士：我，我是来打擂的！

门房：打雷？你瞧瞧，天上连云影儿都没有！

黄龙士：我是说，我是来下棋的！

门房上下瞧瞧黄龙士：你几品啊？

黄龙士：没品。

门房：没品，我刚说的话你当耳旁风了？要想看一眼长长见识，嗯……

[门房把手一伸。]

黄龙士一愣：哦？

门房眼睛一翻：不懂啊？那就哪里凉快哪里待着吧。

茶馆　　　日　　内

[茶馆里的茶客对即将进行的比赛议论纷纷。]

茶客甲：奇谈，啧啧怪事，有个小子在弈乐园门口举一小旗，上写"姜堰黄龙士让盛大有一子"。盛大有盛爷是什么人？当今的国手啊，怎能忍受如此屈辱？看来不可避免要有一场恶战。

茶客乙：姜堰黄龙士是何方神圣？以前没打听过，扬州好像只有周东侯出名啊。莫不是周东侯改名换姓过来挑战？

茶客甲：看来你真不知道这黄龙士，听说上个月在济南打败了山东名宿"输不了"的，就是这姜堰黄龙士。

茶客乙：原来是个青皮后生，看来长江后浪推前浪啊。

徐星友客厅　　　日　　内

[徐星友正和周如慧交谈。]

下人进来：禀告徐爷和小姐，这次送小姐到京城的黄龙士在弈乐园门口挑战当今国手盛爷盛大有。

徐星友掩饰不住激动：走，师妹，我们看看去。

醇亲王府　　　日　　内

盛大有报告醇亲王：姜堰黄龙士来弈乐园挑战。

醇亲王：这个人我听说过，不过他可能还不是大有你的对手。

盛大有感动：承蒙王爷厚爱，奴才主持弈乐园已有二十余年。不过，奴才实在力所不逮，不能完胜日本棋手，让大清国面上无光。倘有青年才俊，委实棋艺超群，奴才定不会尸位素餐，一定会让贤回家乡养老。

醇亲王：大有多虑了。

醇亲王府客厅后堂　　　日　　内

[晴格格偷听到盛大有和醇亲王的谈话。]

晴格格吩咐小翠：快走，到弈乐园。

弈乐园大厅　　日　　内

［黄龙士抱着让一子的旗帜坐在一边，另外一边空着。］

［盛大有走来，大家纷纷让路。］

盛大有问黄龙士：阁下就是大名鼎鼎的姜堰黄龙士！

黄龙士深鞠躬行礼：晚辈久仰老前辈威名，今日终于得见，还请前辈多多提携！今日之举，实属无奈之举，打扰处，还请盛老前辈海涵。

盛大有：这么说，你已成竹在胸？好，我早就想回苏州老家养老，这样，老夫以七局与你决输赢，你看如何？

黄龙士：晚辈尊从前辈安排。

茶馆　　日　　内

［不断有人传棋。］

［墙上的棋子越来越多。］

［徐星友和周如慧在一张茶桌边。］

街上　　日　　外

［卖馒头的摊贩迅速收摊。］

边上卖糖人的问：老李，今天怎么这么早就回去了？

卖馒头的人很焦急：今天盛大有和姜堰黄龙士对弈，茶馆正在复盘呢，我要赶快去看一看。

弈乐园大厅　　夜　　内

［人少了一些。］

［黄龙士气定神闲，盛大有有些着急，头上冒汗。］

［王晴和小翠夹杂在看棋人的中间。］

街上　　日　　外

有人问卖糖人的：卖馒头的老李怎么还没来？

卖糖人的：您还是到别的地方去买吧，老李去看盛大有和姜堰黄龙士下棋去了。

茶馆　　日　　内

［茶客议论。］

茶客甲：我看这最后一局盛老还要输。

茶客乙：如果七局全败，盛老这可是第一回呀！

茶客甲：盛老年事已高，终究精力不济。

茶客乙：精力是一回事，棋力是明摆在那儿的！盛老的棋，既不未雨绸缪，又不能随机应变，只知中盘扭杀，不知静以待动。

茶客甲：依你看来，这小子跟别的高手比怎样？

茶客乙：你有没有看到，他的棋路和当今所有高手都不一样！

有人宣布：黄龙士和盛大有对局七局，黄龙士全胜！

［全场哄然一声，有欢呼的，有大声报信的，有议论、争执的。］

［卖馒头的也夹杂在人群中欢呼。］

弈乐园大厅　　日　　内

盛大有拉住黄龙士的手：小友完胜老夫，老夫高兴啊！这是围棋推陈出新之道呀！小友的棋给人以脱胎换骨之感，这是棋坛之幸啊！过几日我就要告老还乡了，这弈乐园就交给你了。

黄龙士一笑：这下家里的茶叶钱有了。

醇亲王府大厅　　日　　内

［盛大有向醇亲王告别。］

盛大有：长江后浪推前浪，这次我们完胜日本人有希望了，恳请王爷请黄龙士主持弈乐园，奴才年事已高，恳请告老回苏州老家。

25

醇亲王书房　　夜　　内

[醇亲王和晴格格商议。]

晴格格：让黄龙士主持弈乐园是件很好的事情，不过，只怕这小子不肯。

醇亲王做手势：不肯就——

晴格格花容失色：阿玛这么不讲理，不来下棋就这样，以后谁还敢来弈乐园下棋了。

醇亲王哈哈大笑：傻丫头，阿玛和你开玩笑的。

晴格格：对了，阿玛怎么认识妙一方丈的？

（闪回）

扬州街头　　日　　外

[浑身是血的李元兆（妙一）走出小巷，一大队清兵围上来。]

牢房　　夜　　内

醇亲王（青年）举着一本书——《弈经》，问李元兆（妙一）：你会下棋？

李元兆（妙一）：你也配问？

醇亲王：好，是条汉子。我们做个交易吧，如果你赢了，和你一个牢房里的人都放出去。

（闪回完）

醇亲王书房　　夜　　内

[醇亲王继续回忆。]

醇亲王：结果我是三战皆败，不过就算是没有妙一，我同样会把这些汉人放掉的，我们在扬州杀的人太多了。妙一经过这么一场劫难，看破了红尘，出家了。经过这么一番，妙一方丈和我也成了好朋友，这次他推荐他的徒弟，现在看来是不错的。

晴格格：女儿去说服他，不信他不到弈乐园来。

醇亲王微笑地看着晴格格：好，只要他来，就让他主持弈乐园。

徐星友家客厅　　夜　　内

[徐星友和周如慧商量。]

徐星友：师妹，这次盛大有也下输了，师傅来了也未必能赢。

周如慧：是啊，我们要想一个万全之策。

徐星友：其实也不难，只要黄龙士听我们的话就可以了。

醇亲王后花园　　日　　外

[王晴已变女装晴格格。]

黄龙士走进，惊讶得目瞪口呆：你是？

小翠：还不参拜，这是我家晴格格。

黄龙士：拜见晴格格。

晴格格递出一张银票：这是剩余的茶钱。

黄龙士：多谢晴格格，没什么事，告辞了。

晴格格笑：还有一事相求，弈乐园盛老先生已告老还乡，请黄龙士主持弈乐园，不知黄先生是否同意？

黄龙士面露难色：这个恐怕不好。

晴格格：为什么？

黄龙士：清兵当年南下扬州，屠城扬州，家父罹难。在下怎能再为朝廷下棋呢？

晴格格拿出一封书信：这是妙一大师写给你的书信。

[妙一大师书信内容，黄龙士回忆场景——]

妙一（画外音）：龙士徒儿，此番赴京，旅途艰辛。你我师徒之缘逾十余载，余不过践行老友临终之托。老衲少年时，嗜棋如命，下遍吴楚大地。后思大丈夫当为国尽力，遂参加扬州守城，事变后，万念皆空，遁入空门。今思往事，不胜唏嘘，扬州之事，当属例外。当今，政通人和，不论满汉，皆以为国效力为荣。国朝初，顾炎武大呼，天下兴亡，匹夫有责。希冀徒儿不以满汉之防，扬州旧事为念，以棋报国，斯功甚伟。

（画面）

[扬州屠城；]

[醇亲王和妙一的交往；]

[姜堰老百姓的安居乐业；]

[军士夸赞平定三藩之乱。]

醇亲王后花园　　日　　外

黄龙士看信毕：此事尚需仔细考虑一下。

晴格格：我们等你的消息。

徐星友家客厅　　日内

[周东侯到京城。]

周如慧：参见爹爹。

徐星友：拜见师傅。

周东侯：此次进京，干系重大。一切等老夫和黄龙士比出输赢后再做定夺。黄龙士现在何处？

徐星友：尚在客房休息。

周东侯：他愿不愿意主持弈乐园？

周如慧：黄家师兄不愿意为朝廷下棋。

周东侯：好样的，有骨气。不过，如慧还是要劝他去，不然，我们的筹划全部要落空了。

大街上　　日　　外

[周如慧和黄龙士在街上散步。]

黄龙士：真是想不到。

周如慧：想不到什么？

黄龙士：王晴竟然是个姑娘。

周如慧：我早就知道她是个女的，并且知道是醇亲王家的格格。

黄龙士惊奇：你怎么知道的？

周如慧：这还不简单，一路上对我冷嘲热讽，对你问寒问暖，只有小姑娘才能做出这些事情。

黄龙士：原来如此，我真笨。

周如慧：晴格格让你做什么事？

黄龙士：没有什么，只是让我到弈乐园下棋，师傅也劝我去，不过想起我爹，我真不想为朝廷下棋。

周如慧：现在弈乐园已经没有人了。你不去，那我爹到时和谁比试呢？

黄龙士：周大伯已经来了？

周如慧：嘘！等和我爹比试完了，如果你不愿意在京城待，我们就回姜堰，这样好不好？

黄龙士：好，一言为定。

茶馆　　日　　内

［众茶客谈起即将举行的周东侯黄龙士大战眉飞色舞。］

茶客甲：这可是国朝以来，棋坛最大的一场比赛。

茶客乙：周东侯没有和盛大有比试这是个遗憾。

茶客甲：姜堰那小子这次千万要长脸，这天下第一国手就非他莫属了。

茶客乙：是啊，是啊。

醇亲王府　　夜　　内

［醇亲王正和晴格格商议。］

醇亲王：这次比赛，胜利者就是天下第一国手，动静很大，皇上估计也会知道。如果黄龙士取胜，再好不过，如果周东侯取胜，就不好说了。

晴格格：有什么不好说的？

醇亲王：以周东侯为首的扬州天地会一直没有停止活动过，这次进京下棋，估计不是下棋这么简单。我已令九门提督布置一哨人马在弈乐园附近埋伏，一旦周东侯赢了，立即把他抓起来。

晴格格：啊，这样啊？

大街上　　日　　外

［卖馒头的又不见了，买馒头的人变聪明了。］

买馒头的：我说，今天是不是又有几个臭棋篓子下棋？

卖糖人的：什么臭棋篓子？今天是天下第一国手在较量，等会儿，我的糖人也不卖了，会下棋的人都要去看看这场比赛。

茶馆　　日　　外

［茶馆坐满了人。］

说书人将惊堂木一拍：今天这回书开讲《黄龙周虎争帝业》！

周东侯何许人也？在座的谁人不知，谁人不晓？他经历大清以来两次大会战，越战棋艺越精。当今，国手如云，为我国历朝历代从未有过之繁盛景象，周东侯力挫群雄，虽未一统天下，却终于成为一代霸主。

在座的都是会家。周东侯的棋风如何？评家说："周东侯如急峡回澜，奇变万状，偏师驰突，是其所长。"他的棋妙呀，评家说："妙到人间不可求！"这黄龙士，江湖上称他是飞仙剑侠，评家说："黄龙士下棋'脱然高蹈，不染一尘''如天仙化人，绝无尘想'。除了周东侯，这一年多来，他已将天下所有高手斩于马下。"

各位，你们看这二人谁会胜？

听众有的说黄龙士胜：自古英雄出少年！黄龙士自出道以来，所向披靡，周东侯没有胜算！

有的说周东侯胜：老将出马，一个顶俩！周东侯这个霸主可不是吹出来的！

［双方吵嚷成一片。］

说书人惊堂木一拍：各位别争了！我看我们共同来设个赌局，押上银子，写好字据，拭目以待如何？

［听众一致喊好，纷纷去立字据……］

弈乐园大厅 日 内

［黄龙士、周东侯下棋，众人围观。王晴也在边上。］

［黄龙士和周东侯在下棋。］

［二人各走数子。］

茶馆 日 内

说书人：各位，黄龙周虎已连战五天，也就是五局，黄龙士暂时居先。最后输赢我们且不管。我请教了评家，我来给大家学学。

黄龙士赢在非凡的创新大布局和一气贯通的棋理上。你们看（大挂盘），如果是黄龙士执白先走，他必定依托白方座子，攻击黑方座子，三四个子，在全盘形成高山流水的大势，在布局上，占了先机。如他是后手，他只以一子，最多二子，而成"一夫当关"之势，脱先仍取大势。

弈乐园大厅 日 内

［黄龙士、周东侯下棋，众人围观。］

有人议论：今天这一局太要紧了，心都悬起来了！

茶馆 夜 内

说书的又将惊堂木一拍：黄龙士胜，大局已定！黄龙士已成为大清第一国手！

书场一片欢呼：赢啦！赢啦！

弈乐园大厅 夜 内

［醇亲王向黄龙士赐"天下第一国手"匾额。］

弈乐园后院 夜 内

［一军官指挥一队清军悄悄后撤。］

茶馆　　夜　　内

［周如慧带黄龙士见周东侯，周东侯说服黄龙士参加天地会。］

黄龙士：参见伯父。

周东侯：前几日比赛，也没有时间叙旧，说来，我和你父亲也有一面之缘，这些年，妙一方丈教你读书、下棋，我们在姜堰的兄弟照顾你家的生意。

黄龙士：多谢周伯父。

周东侯：自从满族人入关，民不聊生，生灵涂炭，我天地会替天行道，决计把这帮满族人赶出关外。

黄龙士：周伯父有所不知，龙士从小只知下棋，别无所长，如果周伯父觉得我在弈乐园下棋不妥，龙士自当返回姜堰，从此不踏入京城一步。

周东侯：令尊、妙一方丈当年和我都是天地会成员，我希望你为给令尊报仇，也加入天地会。

黄龙士拿出妙一书信：师傅有书信在此。

［周东侯仔细看起来。］

周东侯：妙一这个老糊涂。

弈乐园　　外　　日

［理藩院官员陪同日本围棋手进来。］

［晴格格男装打扮也混迹其中。］

弈乐园　　内　　日

［黄龙士和日本棋手对弈。］

［很多人观看。］

弈乐园院墙外　　外　　夜

［徐星友、周如慧等人夜行衣打扮。］

［纵身一跃上墙。］

弈乐园大厅外花丛边　　外　　夜

［徐星友和周如慧讨论，谁是皇上？］

［几把钢刀架在了脖子上。］

茶馆　　外　　日

［茶馆里的人对这场比赛，寄予了相当大的热情。］

茶客甲：今天咱大清第一国手要教训教训这番邦棋手，值得庆贺。

茶客乙：输赢还没定了。

茶客甲：你个叛徒，黄龙士还能输啊？

大街上　　外　　日

买馒头的人直跺脚：这棋下到什么时候才算完呢？好长时间都没有馒头吃了。

边上的人道：今天是大清第一国手黄龙士和日本国手比赛的日子。

弈乐园大厅　　内　　夜

［日本国手认输。］

茶馆　　内　　夜

［茶馆同步庆贺。］

弈乐园　　内　　夜

［清兵推过五花大绑的徐星友、周如慧请示晴格格！］

清兵：如何处理这两个人？

晴格格定眼一看：原来是二位故人。

周如慧：要杀要剐随便，不用啰唆。

晴格格：好，有志气。

黄龙士走进求情：请格格放了他们两个。

晴格格笑：放了他们两个容易，不过我有一个要求。

黄龙士：什么要求？

晴格格正色，指着周如慧：你以后不准和她讲话。

醇亲王府大厅　　内　　日

晴格格谢罪：请阿玛恕孩儿昨日擅自放人之罪。

醇亲王：起来吧。昨天皇帝特下旨意，三藩之乱刚刚平定，台湾孤悬海外，现在以安抚招安为主。天地会和台湾郑氏关系密切，暂不对天地会采取行动。

弈乐园门口　　外　　日

[黄仁拜访。]

黄仁：在下黄仁，久仰黄先生为我朝第一国手，特来请教一二。

黄龙士：不敢当，不敢当。黄兄请进。

弈乐园内　　内　　日

[黄龙士和黄仁下了一局。]

黄仁：在下自认为棋力不及兄，斗胆请兄让四子。

弈乐园外　　外　　日

[官兵包围了弈乐园。]

弈乐园内　　内　　日

黄仁：高人啊，实在是高人。平时，有人让我一子我就佩服得五体投地了。

门人道：不好了，有一队官兵围了园子，不知出了什么事！

一位军官已急急走了进来。少年正要举手示意，那军官已跪拜在地，道：太后见圣上不在宫中，特差奴才前来接驾，请圣上恕罪！

黄龙士十分惊诧，愣在那里，过一会儿下跪谢罪：请恕草民不知之罪。

康熙道：先生何罪之有！拿笔来。

康熙题字：天下第一国手。

[（画外音）黄龙士相关史料书影等。]

[围棋是中华民族优秀传统文化的组成部分，有着博大精深的文化内涵。]

[清朝康雍乾盛世成就了中国封建社会围棋最高成就，形成了"围棋之于清，犹诗歌之于唐"的文化现象。在清初众多棋手中，黄龙士以极具传奇色彩的一生，为围棋发展做出了杰出贡献。他以布局序盘大格局，成为"迈出近代感觉第一步"的"伟人"；他十七岁进京挑战群雄，成就了棋坛"帝业"，后历二十余年无敌手，"可让天下国手一先"；他呕心沥血把长他八岁的徐星友培养成第二大国手，二人以求道的精神，共同谱写了永垂棋史的"血泪篇"；他以棋艺棋品与顾炎武、黄宗羲等，共被评为"清初十四圣人"；他又在如日中天的四十岁左右忽然从棋坛消失，这件事棋史称为"千古之谜"。]

食色冤家

上海费筱曼的卧室　日　外

［费筱曼在宿醉中迷迷糊糊睁开眼，走进浴室。］

［浴室的玻璃上有昨夜和苜发酒疯时用口红写下的"再见二十七岁"的字样，费筱曼盯着看了一会儿，上前狠狠地擦掉字样，结果越擦越花。］

［一阵手机铃声响起，苜惊慌失措的声音传来。］

苜苜：啊！曼曼！我们试镜要迟到啦！

上海街道　日　外

［苜驾着一辆小车，载着费筱曼在上海拥挤的街道上左窜右窜，险象环生。］

［一个急刹车小车停在摄影棚门口。坐在车上的费筱曼和苜狠狠地往前一冲。］

费筱曼：哦！太爽了！苜苜，啥时候去 F1 赛道试试车啊？

苜苜：等你加油把到个高富帅，然后送你辆法拉利啊。

上海摄影棚　日　内

［费筱曼和苜两个人走进摄影棚，擦得如镜子般的大理石地面倒映出两人美丽的倩影。两侧是推着一杆一杆华服的工作人员。］

［两人走进化妆间，化妆间里正坐着很多来试镜的模特，化妆师、发型师在为她们化妆。很多模特看到费筱曼走进来后，都站起身打招呼。］

众模特：曼曼姐早！曼曼姐好！

苜苜：看到她们这么尊敬你，有没有很爽啊？曼曼姐！

费筱曼：那你要不要给我倒杯咖啡去啊，小师妹？

［一名化妆造型师迎上前。］

造型师：曼曼，你来啦！今天的主题知道了吗？

费筱曼：知道了，是《婚纱》杂志封面和内页的 audition。

造型师：No，No，No，不止哦……

费筱曼：还有什么特别的吗？

［造型师神秘地笑笑，拉着费筱曼走到旁边被帘子遮住的衣架旁，猛地一拉开帘子，里面是一排精品婚纱。他拿起最前头的一件，捧在手上给费筱曼看。］

费筱曼：啊，是 Very Wang 今年秀上压轴的那套婚纱！

造型师：这次的封面就是它！而且，据说这次杂志还要办一次室外的秀，这件也是压轴！

费筱曼：所以，今天来的都是选穿它的模特？

造型师：一次杂志封面，一次秀的主秀，穿的还是 Very Wang 的婚纱，这样的好事谁能占上，是谁的福气，曼曼，我可是很看好你哦。

费筱曼：这哪是我能决定的，还得看上面的人怎么选择。

费筱曼嘴里虽然这样说着，眼睛却盯着婚纱看。

［化妆室的门猛地被打开，一个经纪人带着一个年轻的嫩模嘉怡出现在化妆室。］

经纪人：快快快！化妆师在哪儿呢？赶快帮我们嘉怡化妆！

［没有空闲的化妆师，经纪人就近把一个正帮模特拉头发的化妆师抓过来，结果害得那个模特后仰跌倒在地。］

模特：你没看到她在帮我化妆吗？不能等一下吗？

经纪人：就你这模样也想当封面、做主秀？也不照照镜子。

模特：那你家那个就有资格啦？

经纪人：我家嘉怡可是最受期待的新人，这次 audition 的赢家非她莫属。

［费筱曼走出来。］

费筱曼：audition 还没进行，在结果出来之前别乱下结论。

经纪人：哟，是曼曼姐啊，你今天也来啦。

苜苜：有曼曼在，还能轮得到你家的？

［一直没说话的嘉怡站起身来。］

嘉怡：曼曼姐早。我也觉得曼曼姐最合适今天婚纱的主题，谁愿意看我们这种小女生穿婚纱呀，像曼曼姐这种适婚年纪的人，才最能体会新娘的心情，能够诠释婚纱的美丽啊。

经纪人：还是我家嘉怡懂事，不过是想看少女穿 Very Wang 还是妇女穿 Very Wang 就是上面人定的事了，对吧？

［费筱曼小声地问造型师。］

费筱曼：今天除了编辑以外，还有什么人会参加 audition？

造型师：哦，还有那个大摄影师沈奕。

摄影棚 audition 现场　日　内

［众模特轮流走上前展示，进行面试。］

［轮到费筱曼走上前的时候，她的自信、美丽博得了评委的好感，沈奕也目不转睛地看着她。可当评委们看到她的年纪：二十七岁时，产生了争议。］

评委甲：不错，不错，这个模特不错。

评委乙：可是，就年纪大了些，都二十七岁了。

沈奕：二十七岁有什么不好？你看她的眼神，多么清澈而明亮，不会左右闪烁，二十七岁的女性才能够成熟地面对自己的婚姻，知道自己需要什么，而且她的身体也正展现着最迷人的韵味，既有少女的娇嫩，又有作为女性的诱惑。在我的镜头下，她一定是最完美的新娘。

［其他评委互看了一下，没有答话。］

化妆间　日　内

［费筱曼独自一人在化妆间卸妆。沈奕走进来看着她卸妆，没有说话。］

费筱曼：我落选了对不对？

沈奕：我说服不了他们。

费筱曼：最后选了谁？

沈奕：那个二十岁的嘉怡。

费筱曼：因为我年纪大了？哈，原来二十七岁，哦，不，今天开始就二十八了，原来人年纪大了连穿上婚纱都会被人嫌弃。

沈奕：曼曼，别这样，他们定了你做晚宴装部分的主秀。除了那套 Very Wang 以外，就你的最重要了。

[费筱曼没有答话，沈奕于是转变了话题。]

沈奕：你等会儿下午还有工作吗？

费筱曼：还有一个拍照的工作。

沈奕：那晚上的时间空给我好吗？

[费筱曼停下了卸妆的手，抬起头望着沈奕，沈奕冲她温柔地一笑。]

安南城郊的早市　日　外

[当一众菜农驾着自家的车，拖着自家的菜在早市上忙碌地摆摊时，一阵摩托车引擎的轰鸣声从远处传来。]

[陆江潇洒地从摩托车上跳下来，走过一家一家的菜摊，用一双鹰眼来回扫视着菜农摆出的菜，偶尔俯下身翻弄着菜，看到满意的就跟菜农定下来。]

陆江：老刘，韭菜十斤，蒲菜二十斤，送老地方。

菜农：好咯，"一竹亭"，九点送到。

"一竹亭"厨房　摄影棚工作现场　日　内

[陆江和陈峰在厨房里处理食材，做菜。费荣在一旁指导。]

[沈奕在为费筱曼拍新一期的杂志照片。]

[陈峰手上在处理一只鸡，手上抓着鸡的两条腿。]

费荣：腿再拉开点。

[费筱曼在拍照时，坐在椅子上将腿张得更开。]

费荣：腰这里要多按摩按摩，才有韧劲。

[费筱曼跪在地上拗腰上的线条。]

沈奕：眼神，眼神再性感点、热情点，像火一样！

[陆江一个翻勺，带起了一串火焰。]

菜勺敲打铁锅的声音和快门的声音相互照应。

一盘盘菜被炒好，一张张照片也拍好了。

"一竹亭"大厅　夜　内

[陆江把一盘一盘菜端上桌，丰盛的菜肴摆满一桌。]

[陈峰冲上前去，拿起一块红烧排骨就要吃，被陆江打手放掉。]

陈峰：今天什么日子啊？做这么多菜？

[费荣拿着手机对着桌上的菜猛拍。]

陈峰：师傅，你也时髦一回，知道给菜消消毒啦。

青姨：你小子昏头啦，今天是陆江他媳妇二十八岁的生日。

陈峰：哦，曼曼啊，可是这菜照得再漂亮，曼曼她也十年年没回来过啦。

[陆江夹了一大块肉塞进陈峰嘴里，塞得陈峰嘴巴都动不了了。]

陆江：有的吃你就快吃吧，浪费脑子说什么话啊。

上海的意大利餐厅　夜　内

[费筱曼和沈奕正在共进晚餐，面前放着的是全套的西餐，沙拉、牛排。]

[手机响了，费筱曼打开微信，看到费荣传来食物的图片，信息的最后写着"曼曼，生日快乐！回家吧！父亲"。费筱曼看完，默默地关掉手机。]

[费筱曼的耳边传来沈奕和他意大利留学时的同学 Lisa 的笑声。]

Lisa：还记得那个学 Fashion Design 的 Lee 吗？当年毕业的时候在我们面前向女朋友求婚，谁知道今年我回意大利看秀的时候碰见他了，他已经换了一个未婚妻。

沈奕：是吗？Lee 可能有他自己的想法吧。

Lisa：时间过得真快，回国都快三年了，还真想回意大利重过一下学生时光，看看书、看看秀。筱曼最近好像轻松了很多，好久没看到你封面的杂志了，不过这样也好，听说你从大学时候就出来做了，现在正好休息一下。

费筱曼：偶尔休息充一下电也没什么不好。

Lisa：充电啊？要不要也出去留个学，我和沈奕意大利的母校是个不错的选择哦，就是学费贵了点，不过我想对你来说也不是什么问题，对吧？

费筱曼：谢谢关心，我觉得自己现在的状态挺好，多点时间休息谁不愿意啊？至于出国留学，哈哈，我学的东西国外可教不来。

Lisa：哦？你大学是学什么的？

沈奕：筱曼是学中文的。

费筱曼：说是学中文的，也没怎么学好，谁叫我把时间都拿出来工作了呢，要不然我怎么混到现在的位子？对不起，我去一下洗手间，失陪了。

［费筱曼起身离开。］

费筱曼公寓楼下　夜　外

沈奕送费筱曼回家。

沈奕：曼曼，对不起，Lisa 太热情了，别放在心上。

费筱曼：呵呵，你的朋友，我怎么会呢。

沈奕：还有那个婚纱的 case，你……

费筱曼：沈奕，你该了解我的，工作就是工作，我怎么会挑剔工作呢？

沈奕：是啊，我认识的曼曼可是个劳模。来，我给你看样东西。

沈奕拉着费筱曼下车，打开后车厢，后车厢里是一束玫瑰和一个蛋糕。

沈奕：曼曼，生日快乐!

费筱曼：你怎么会?

沈奕：曼曼，我们认识的时间也不短了，你其实一直都知道我对你的心意，对不对？

费筱曼：可是，沈奕，你该知道，我不相信这个圈子的感情。

沈奕：No，亲爱的，你该对你自己有信心，我已经深深地被你吸引了，相信我，我会给你幸福的。今天是你二十八岁的生日，很抱歉，只能让你在我的后车厢吃蛋糕了，希望，以后，你的每个生日都会在我的陪伴下度过。你愿意吗？

费筱曼：我愿意。

［沈奕、费筱曼两人深情拥抱。］

沈奕：曼曼，我用这束玫瑰来拴住你的心，你该不该也找个东西来拴住我啊？

［沈奕瞄见费筱曼颈子上戴的玉坠，抽出来。］

沈奕：就用这玉坠怎么样？

［费筱曼紧张地抽回来。］

沈奕：怎么了？

费筱曼：这坠子……这坠子不行。

沈奕：为什么？

费筱曼：哎呀，这可是我从小戴到大的坠子，哪能随便给你？看你什么时候表现好，我再奖励你啊。

沈奕：别紧张，亲爱的，你的一根头发也能拴住我的心。

［两人靠着车的后备厢，甜蜜地吃蛋糕。］

费筱曼家客厅　夜　内

［费筱曼抱着一大束玫瑰进门，苢冲过来。］

苢苢：啊，谁送的玫瑰花？

［费筱曼心情很好地绕去厨房，拿出一瓶啤酒来喝。］

苢苢：1，2……24 朵，想你 24 小时哦，快说，谁向你表白啦？

费筱曼：你猜？

苢苢：我猜，跟你走得很近的男生没几个啊，就……啊！是沈奕对不对？

费筱曼：算你聪明。

苢苢：看你那得意的小样，你不是说在登上国际舞台之前不谈恋爱吗？

费筱曼：哎，此一时彼一时，你看今天 Very Wang 的 audition，我连穿婚纱都被人嫌弃，还不如早点找人嫁了呢。

苢苢：就知道你心里放不下今天 audition 的事，不过失去个主秀，赚了个男朋友也不吃亏嘛。欤欤，曼曼，不知道沈奕在你这"选男朋友二十二条军规里"占几条啊？

费筱曼：二十一条。

苢苢：哪二十一条啊？

费筱曼：身高一百八十厘米以上，体重八十千克以下，长得不是太帅但看得舒服，最重要的是声音好听；不抽烟，不酗酒，不沉迷游戏，热爱运动，热爱小动物；喜欢干净，但不能太洁癖；对人温柔，但对我最温柔；对父母孝顺，也有一群两肋插刀的兄弟；要有自己的事业，也要支持我的事业；现在不用太有钱，但要有赚钱的能力；对自己小气，对女朋友豪气。除了不会做饭这一点，他基本完美了。

苜苜：这么完美，那你可得牢牢抓住这"二十一条先生"，等你成了沈太太，看那个嘉怡还敢在我们面前骚。

费筱曼：为了"二十一条先生"。

苜苜：为了未来的沈太太。

费筱曼、苜苜：干杯！

安南的护城河边　夜　外

［陆江一个人坐在河边喝闷酒，费荣走过来，手上拎了一瓶高纯度的白酒。］

费荣：江子，不介意我加入吧？

陆江：费叔，坐……

费荣：这是第几年了，你一个人出来喝酒？

［陆江沉默，费荣打开酒瓶要喝酒。陆江拦住。］

陆江：费叔，你知道你血压高，不该喝酒的。

费荣：放心，我吃了药的，就让我喝几口吧。人年纪大了，就是不中用啊，连酒都不敢喝了，也不知道如果我真的撑不下去了，我家的这个老店"一竹亭"会怎么样？

陆江：有我在，我不会让"一竹亭"倒掉的。

费荣：可是，江子，你不姓费啊。本来你和曼曼结婚，一切就顺理成章了，可是现在曼曼不肯回来……哎，这样下去费林一定会想尽办法把"一竹亭"要过去的，"一竹亭"一旦落在他手上，这费家的百年老店就要完啦！

陆江：费叔，要给筱曼时间，我相信她会想明白的，实在不行，我就去把她抢回来！

［青姨突然出现。］

青姨：什么抢不抢的，江子，你就是这样才让你媳妇儿一直觉得你是个流氓！人要动动脑子。

陆江：青姨，你有什么办法不？

青姨：那当然，看我的！

新娘化妆室　日　内

[阳光洒进新娘化妆室，当费筱曼踏进化妆室时，房间里最好的那个位子已经被嘉怡和她的经纪人占领，很多人围绕着嘉怡在帮她梳妆。]

[费筱曼走到很偏僻的位子上坐下，一个新人化妆师小心翼翼地走过来。]

新人化妆师：曼曼姐，今天师父她们都得帮嘉怡弄妆发，你的就我来做行不？

[费筱曼透过镜子看着她微笑下。]

费筱曼：好的，我相信你。

[新人化妆师为费筱曼对镜梳妆。在盘头发时，她怎么也没办法把头发完整地盘好，最后费了九牛二虎之力才把头发乱七八糟地固定住。]

[费筱曼换上挂在一旁的红色晚宴礼服。]

安南医院病房　日　内

[费荣躺在病床上，青姨在教费荣装病。]

青姨：你躺好，我看看，像病的样子吗？不行不行，脸上太红润了，跟吞了人参似的，欸，蓉蓉啊——

[身为护士的蓉蓉跑进来。]

蓉蓉：青姨，怎么啦？

青姨：蓉蓉，你化妆用的粉饼在不？

蓉蓉：在啊。

青姨：拿来借我用用。

蓉蓉：怎么见曼曼之前还得化化妆啊？

青姨：给你荣叔弄，曼曼那双贼眼睛，这样怎么混得过去？

[青姨接过蓉蓉给她的粉饼，在费荣脸上涂涂抹抹。]

费荣：阿青，这装病能行吗？

青姨：行啊，陆江已经在去上海的路上了，保证能把曼曼骗回来。

费荣：可是曼曼一回来，看我是装的，那不全砸啦？

青姨：没事，你就闭眼躺着，任谁喊都不醒，曼曼她也不敢怀疑。好啦，你躺好，你的高血压药呢？给我，我帮你收着，不能穿帮了。

［青姨把高血压药瓶拿走，药瓶是普通的白色瓶子，并没有贴标签。］

［青姨一走出病房门，一个人拿了药匆匆忙忙地从后面冲过来，把药瓶撞在了地上，在混乱中，青姨拿错了药。］

户外草坪婚礼拍摄现场　日　外

［一场盛大的户外草坪婚礼正在举行，除了婚礼现场布置得很奢华之外，摄影器材长枪短炮也堆满了现场。］

［现场还坐了很多来宾，像参加婚礼一般欣赏这场实景婚纱秀。］

［众模特依次进场，精彩的表现获得了众多掌声。］

［费筱曼穿着红色礼服进场，博得了众人的赞赏。沈奕被这样的费筱曼迷住了，愣了片刻后拿着照相机对着费筱曼不停地按动快门。］

［最后压轴的嘉怡身着 Very Wang 的婚纱入场，人们的注意力一下子就被她吸引过去，在和费筱曼错身而过时，她狠狠地用胳膊肘拐了费筱曼一下。］

［众人分散拍照时，沈奕走近费筱曼，对着她一直拍，二人通过镜头互相传情。沈奕将费筱曼拉到角落。］

沈奕：曼曼，你今天真美，这身红色就像是为你而存在，热情、火辣。

费筱曼：怎么，白色就不衬我啦？

沈奕：那身白色是专属于我一个人的，总有一天，我要你为我穿上那身白纱。

费筱曼：智力障碍者，我逗你的。沈奕，我今天很高兴。

嘉怡突然走过来，冷冷地打断了两人。

嘉怡：沈大师原来在这儿啊，大家都在找你呢，曼曼姐，知道你和沈大师是好朋友，但也不能独霸他呀，我们这些小辈还得靠沈大师提携呢。

沈奕：我马上就过去。

[沈奕帮嘉怡拍照，嘉怡透过镜头拼命向沈奕放电，费筱曼看到冷冷地走过去。]

[当所有模特并排走上前时，一阵强风吹过，费筱曼被草草固定的头发一下子被风吹散，她变得像疯婆子一样。]

嘉怡：头发都不整理好就来走秀，真不专业。

[人群中也传来隐隐的笑声。费筱曼微微一愣，临危不乱地将散乱的头发拨整齐，轻轻一甩，风情万种。]

新人化妆师：曼曼姐，我这儿有定型……

[这时，新人化妆师手上拿着一瓶定型喷雾奔上台来，一边跑一边慌张地晃瓶子，却没有注意脚下的灯光线，被绊了一下。费筱曼看到她踉跄，下意识地过去扶她，嘉怡又故意在费筱曼身后轻轻推了一下。在新人化妆师跌倒的过程中，她无意间按下了喷头，结果喷得费筱曼一脸白色泡沫。两人闹得会场人仰马翻。]

沈奕：曼曼！

[院子中狼狈的费筱曼的身影落在了远远站着的陆江眼中。]

化妆室　日　内

[费筱曼换了自己的衣服，新人化妆师在帮她整理仪容。费筱曼的手机就放在桌子上。]

新人化妆师：曼曼姐，实在对不起，对不起。

费筱曼：没事的，你帮我看看头上还有没有泡沫？

化妆室外的走廊上　日　内

[嘉怡和经纪人在走廊上谈论费筱曼的糗事。]

经纪人：你看费筱曼今天的样子，看来离退休不远了。

嘉怡：谁让她老摆个前辈的架子，让我们对她毕恭毕敬的。

经纪人：是啊，也不想想自己几岁了，还能不能在这个圈子混下去。

[陆江从侍者手上拿过一杯冰水，走到嘉怡面前，一下子倒在她的头上。]

嘉怡：你干什么？

陆江：我看你脑子太热了，给你降降温。

[陆江越过惊诧的两人，径直闯进了化妆室。]

化妆室　日　内

[当陆江闯进化妆室时，费筱曼正在对着镜子整理妆容，看到有人闯进来十分诧异。]

费筱曼：男士止步，你没有看到吗？你是哪家公司的？

陆江：十年不见，看来你真的变得更笨了。

[费筱曼转过身，仔细地看着陆江。]

费筱曼：你是？陆江？你怎么来了？

陆江：我家的玉坠还在你身上，我怎么就不能来？

[费筱曼冲过去捂住他的嘴。]

费筱曼：你在胡说什么？

陆江：我哪有胡说，你戴着我家的玉坠，就是我家的媳妇，我来看我自己的老婆有什么不对？

[沈奕也跟着进来。]

沈奕：曼曼，他是谁？

[费筱曼赶紧退一步。]

费筱曼：他是我老家的朋友。陆江，这是我的男朋友沈奕。

陆江：哦？男朋友？

费筱曼：陆江，你这次来到底什么事？

陆江：荣叔病了，我来接你回去看他。

费筱曼：我爸病了？怎么会？

陆江：你这么多年都没回过家，你知道什么？

沈奕：曼曼，伯父病了，你赶快回去看看。

费筱曼：可是……

沈奕：可是什么，赶紧收拾收拾走，难道你要回去参加你爸的葬礼你才开心？

[费筱曼赶紧抓上东西跟陆江跑了，她的手机却留在了桌子上。]

安南街道　日　外

［费筱曼回到安南。安南这么多年都没有什么变化，还是那样淳朴的街道和淳朴的人。］

安南医院病房　日　内

［费筱曼和陆江赶到医院，陆江冲进病房，看到青姨坐在费荣旁边，费荣正在昏睡中。费筱曼站在病房门口，不敢进去。］

青姨：是谁站在门口啊？呀，曼曼啊……快让青姨看看，啊，变了，变漂亮了，当年满街乱跑的小丫头也变成大姑娘了，还是个美人！江子啊，是你赚到啦！

费筱曼：青姨，我爸，他，他还好吧？

青姨：你爸血压一直高，那天在厨房温度一高，他就晕倒了。

费筱曼：那他没有吃药控制吗？

青姨：一直在吃药，不过人年纪大了，女儿又不在身边，药又有什么用呢？不是青姨说你，我知道你一直怨你爸一心只想你家的"一竹亭"，连你妈临终都没能赶上见最后一面，可是你的心也太狠了，就这样把你爸丢着，十年都不回来看一眼。

费筱曼：青姨，是我不对，我以后……

［费筱曼话说一半，眼睛的余光瞄到费荣动容地撇过头去，顿时明白了这个苦肉计。］

费筱曼：我先看看我爸。

［费筱曼围着病床看费荣。］

费筱曼：我爸的脸怎么这么白？怎么像擦了粉一样？

青姨：你看错啦，看错啦。

费筱曼：欸，我爸怎么连水都没挂？

青姨：啊，医院怎么回事啊，刚刚说去准备的怎么还没来啊？蓉蓉……

［蓉蓉进来。］

费筱曼：哦，蓉蓉，你看起来过得很好啊，竟然成了护士。

蓉蓉：是啊，我可不像你功课那么好，就上了个护校回来当护士啦。

青姨：蓉蓉，你荣叔不是要挂水的吗？水呢？

蓉蓉：水？

青姨：是啊，你刚才说的，什么营养液啊？

［青姨一边说，一边拼命地对蓉蓉使眼色。］

蓉蓉：啊，要挂的水啊，马上就好。

费筱曼：还好我爸睡着了，他可最怕打针挂水什么的了。

［在费筱曼看不到的地方，费荣拼命拽青姨，青姨就暗暗掐他。］

［蓉蓉端着吊瓶进来了。给费荣做准备工作。］

蓉蓉（对青姨轻轻地）：真的要打啊？

青姨：打！反正挂不死人。

费筱曼：蓉蓉，我来帮你。

［费筱曼抓住费荣的手，让蓉蓉用酒精擦拭。费荣轻轻地想收回手，却不料被费筱曼死死地抓住。］

费筱曼：如果不想挂水，就醒过来。

［费荣猛地睁开眼。］

费荣：我醒了，醒了，别扎我。

费筱曼：哟，爸，您醒得真快。

青姨：啊，曼曼……

费筱曼：青姨，既然我爸没事，我就先回去了。

［费筱曼顺势就要往外走，被陆江拦住。］

陆江：不准走。

青姨：曼曼啊，你别生气，我们也不想骗你啊，但是不骗你，你就不回来啊。

费筱曼：你们想说什么？

费荣：曼曼，你已经出去十年了，我年纪也大了，你要不要搬回来啊？

费筱曼：我在上海很好。

费荣：可是你也老大不小了，婚事也该早定了，你看陆江等你这么久。

费筱曼：爸，我已经有男朋友了。

费荣：有男朋友？谁啊？你和陆江是定了亲的，他不知道吗？

费筱曼：我和陆江的亲事就是你们的一厢情愿，早该取消了。

陆江：哦？那你还戴着我家的玉坠干吗？

费荣：如果你不和陆江在一起，"一竹亭"要怎么办啊？

费筱曼："一竹亭""一竹亭"，说来说去，"一竹亭"比你女儿的幸福还重要吗？

青姨：曼曼，你不知道，如果你不继承"一竹亭"，你的那个堂叔费林就要把它卖掉了，这可是你家几代人的心血啊！

费筱曼：卖掉就卖掉，我看到它就心烦。

费荣：你说什么！

费筱曼：我说我看到它就心烦，我看到它就想到我小时候被你逼着在厨房里练功，就想到我妈永远围着火灶打转，还有你，妈妈快要死了，你都被你的"一竹亭"拖着，连妈妈最后一面都没看到！

［费荣被费筱曼气得满脸通红，血压一下子飙了上去。］

青姨：快快，赶紧吃药……

［费荣吃下药后却并不见好转。蓉蓉拿起药一看。］

蓉蓉：糟糕，药拿错了！

安南街道　夜　外

［傍晚，华灯初上，将安南的老城照得灯火辉煌。］

［费筱曼、陆江走出医院，费筱曼一个人默默地走在前面，陆江跟在她身后。两人不知不觉走到"一竹亭"所在的老街上。］

陆江：放心，荣叔没事了。

费筱曼：嗯，我知道，我一回来就把他气得真发病了，还真是不孝啊。

陆江：你都没有什么话要跟我说吗？

费筱曼：你，你什么时候成了我爸的徒弟了？

陆江：怎么？你以为我会一直做个小流氓吗？今天回来有记起什么吗？

费筱曼：没有，一切还是老样子。

陆江：哦？我今天倒是想起来一件事，十年前你走的那天，还记得吧，前一天我俩都喝醉了，你抱着我拼命哭。

费筱曼：你想说什么？

陆江：那天早上我一睁眼，就只剩下我一个人，明明前一天晚上……

[费筱曼冲过去按住他的嘴。]

陆江：告诉我，为什么走？

[突然一阵喧闹打断了两人的谈话。]

游客甲：老板，到底什么时候上菜啊？这都多长时间啦？

游客乙：老板，这菜怎么这么咸啊？这不是百年老店吗？

陈峰：对不起，对不起……

食客老李：有点耐心好不好？

陈峰：啊……陆哥！

[陈峰看到陆江，像猴子一般蹦过来。]

陈峰：陆哥，我要死了，你快点！啊，这是？

费筱曼：猴子……

陈峰：啊，费筱曼！陆哥，你终于把大姐大追回来啦！

陆江：猴子，你不是要死了吗？

陈峰：啊，是啊，你再不回来我就要死啦！

"一竹亭"后厨　日　外

[陆江熟练地做菜。认真的神情代替了原本吊儿郎当的样子。]

[费筱曼看着陆江做菜的背影。]

费筱曼：把当年的事忘了吧，我们都已经长大了。

[陆江的手一顿，然后又继续做菜。]

陆江：我想知道。

山林　日　外

[一个小女孩嬉笑追逐着一个小男孩跑上了山。童年的陆江手上拿着一根棒棒糖远远地逗着费筱曼。]

小陆江：肥筱曼……肥筱曼……

［费筱曼（童年）鼓起勇气，一口咬上了陆江露在外面一半的糖，结果不小心两人亲在了一起。］

"一竹亭"的小杂货间　夜　内
［两个亲吻的小孩一下子又长大了。］

［少年时的费筱曼和陆江纠缠在一起，在装满了杂货的小房间里，羞涩地碰触对方。］

费筱曼房间　日　内
［费筱曼从梦中惊醒，发现自己回到了老家。］

安南老城　日　外
［费筱曼在老城中闲逛的时候，早起的老人们搬着板凳坐在门前，三三两两隔着不宽的街道聊天。］

大妈甲：陆江媳妇哦，你总算是回来了！

费筱曼（停顿一下）：姨。

大妈乙：回来就好，回家看过了吧？你爸把"一竹亭"上下打理得多好啊，也该回来看看了，这次回来还走吗？

费筱曼：姨，叫我曼曼吧，就回来看看，过两天就得走。

大妈甲：回家多好啊，你爸连你的婚房都准备好了，就等你回来和陆江结婚呢。

费筱曼：姨，别提陆江。

大妈乙：为什么呀，陆江对你不好？你和陆江从小定的这门亲可是我们全部人都见证的，陆江媳妇，你可不能不认啊。

［愈来愈多的大妈开了早市走过来，你一言我一嘴地喊"陆江媳妇"。］

［费筱曼逃开。］

安南老街　日　外
［费筱曼在街上闲逛，走到了一座老四合院门前，门口有一块简单的匾

额，写着"医馆"。费筱曼试探地走进去，里面是一座古色古香的小院，绿荫葱葱。]

医馆　日　内

[费筱曼走到大堂，看到一位女医生正在坐诊。这位医生正是费筱曼儿时的伙伴凌心，现在已经继承了家学渊源，成为一名中医。]

凌心：下一位病人，请进。

费筱曼：你是凌心吧？

凌心：你是费筱曼？

费筱曼：啊，真的是你，我以为你在北京呢。

凌心：我也以为你在上海啊。

费筱曼：看样子，你是回来开医馆啦？

凌心：是啊，我也来悬壶济世一把。

医院病房　日　内

[凌心帮费荣诊脉。]

费筱曼：你可从小是我们班的女状元，现在还是个医学博士，以后有毛病了就都靠你了。不过，我没想到你会愿意回家。

凌心：回家也没什么不好。

费荣：听到没，曼曼？

凌心：是为继承"一竹亭"的事吗？

费荣：是啊，你说她嫁给陆江多好，陆江现在继承了我的手艺，就差一个名正言顺了。他俩从小就定了亲，凌心你也是知道的。

凌心：好，我帮你劝劝她。荣叔，你身体不错，可是还是要注意啊，情绪平稳一些比较好。

费荣：如果曼曼能和陆江结婚，我的身体就好了。

费筱曼：爸。

[费筱曼送凌心出门。]

费筱曼：凌心，你跟我说实话，你回来是为了陆江吗？

凌心：你胡说什么呢？

费筱曼：不要骗我，我知道你一直喜欢他，既然喜欢就大胆去追吧。

[凌心笑不语。]

邮局　日　外

[费筱曼走在回家的街上，想翻包给沈奕打电话，却没有找到手机。]

[费筱曼想找到沈奕的电话，给他打电话。她一走进邮局，本来在和人说话的局长就止住了声。]

费筱曼：张叔叔，你还在邮局这儿。

邮局局长：曼曼，你回来了。

费筱曼：你已经不是邮差，做局长了。

邮局局长：你要干什么？

费筱曼：放心，我已经长大了，不会随便整人了。嗯，能借你的电脑用一下吗？我想查个人的电话号码。

邮局局长：你要找谁啊？

费筱曼：我手机没带，我朋友的号码在上面。

邮局局长：现在的年轻人啊，没了手机，连朋友的电话都记不得。

[费筱曼用电脑登上沈奕的微博首页，查到了他经纪人的号码。]

费筱曼：喂，我想找一下沈奕。我是他女朋友，我没喝醉，我是费筱曼，喂喂喂。

[听着对方电话的滴滴声，费筱曼无力地放下听筒。]

山顶荒废的亭子　日　外

[费筱曼一人在幼时的秘密基地——山顶一处已经荒废的亭子里散心，陈峰突然奔过来。]

陈峰：曼曼，快点回去，开饭啦。

费筱曼：你怎么知道我在这儿？

陈峰：陆哥告诉我的啊。

"一竹亭"厨房　日　内

［陆江正在忙碌地为午市的到来准备各种菜品，厨房里烟火缭绕。］

［费筱曼突然闯进。］

费筱曼：陆江，我这次回来就是为了解除我们那个可笑的婚约的，明天或者后天什么时候，我们公开向大家说明一下，把定亲的信物换回来，这亲事就算是断了。就当过去是孩子的一个游戏，我们各自去开始新的生活。

陆江：你在耍我吗？

费筱曼：你知道，我不是个会在这种事情上开玩笑的人，我不是在耍你。

［费筱曼摘下脖子上的坠子，要把它还给陆江，陆江一个闪避，没有接。］

费筱曼：陆江，你什么意思？

陆江：你这十年一次都没有回来过，结果从你昨天一回来就把荣叔给气倒了，今天又只记得要解除婚约这件事，冲我大吼小叫就算了，对荣叔也是。你有看过这个镇子在你不在时改变了多少，你有问过荣叔这几年身体好不好，有没有受什么委屈？你先去和荣叔好好谈谈，等你们谈好了，再来谈我们的事，肥筱曼！

费筱曼：不要叫我肥筱曼，我和我爸之间的事不关你的事！

陆江：我要开始工作了，厨房重地，闲人免进。

费筱曼：你这套吓唬别人也许有用，还想吓唬我不成，我从小就在这个厨房里长大，你还是我领进这个厨房的。

［陆江不理她，兀自开始工作，烧水、杀长鱼，手法干净利落。］

费筱曼：浑蛋，别以为你躲进厨房，当了我爸的徒弟就能掩饰你这个流氓的本质，你这样永远也不会有出息！你为什么不肯解除婚约，就是因为你没出息，也想拉着我给你陪葬！

陆江：错了！我不解除婚约是为了让你这个自以为变得高级了的村姑，不要再出去祸害别人！快点滚吧，这里不欢迎你！

［陆江故意拿刚杀完长鱼的血淋淋的手去吓费筱曼，费筱曼尖叫着跑开。］

［陆江把厨房的门锁上，把长鱼处理好，刚要去洗手的时候，就看到费筱曼挡在水龙头边拿着一块姜片冲他微笑。］

费筱曼：下次再想把一个人锁到厨房门外时，请不要选择这家饭馆老板的女儿，还有，也不要让她知道你有杀完鱼后一定要拿姜片洗手的洁癖。陆江，我已经不再是安南上的那个小女孩了，你也该放手了。

陆江：等你认清自己的时候，我自然会放手。现在你该让开，让我洗手。

费筱曼：你答应我解除婚约我才让。

陆江：如果我不答应呢？

费筱曼：那就看我俩谁拼得过谁了！

[陆江不紧不慢地向外喊陈峰。]

陆江：瘦猴！给我报警！就说我要举报十年前端午节害得大家上吐下泻的元凶！

[费筱曼赶紧扑上去捂住陆江的嘴。]

费筱曼：那就是场意外，我只是不小心将一只蟑螂掉进了大家要喝的汤里。哦，是谁大半夜在僵尸脸教导主任家门口挖陷阱，让人早上刚一上班就掉下去的？

陆江：你以为就我一个人能挖得好吗？瘦猴，我知道是谁把你的自行车扔下水塘的！

[陈峰激动地冲进来。]

陈峰：是谁干的？害我被我妈好一顿狠打！

[陆江指指费筱曼。]

陆江：现在帮我把她弄出去。

[陈峰上前架住费筱曼。]

陈峰：那就不好意思啦，曼曼。

费荣卧室　日　内

[青姨翻箱倒柜，终于在抽屉的最底层找到了费家的户口簿。青姨把费筱曼的那页抽出来，藏好。]

青姨：这样曼曼就只能嫁给江子啦。

邮局　日　内

[一个电话响起，邮局局长接了以后，抄下一段数字。]

邮局局长：王大妈，帮忙叫一下曼曼。

[街上此起彼伏叫曼曼的声音。]

邮局　日　内

[费筱曼奔到邮局，给沈奕打电话。]

费筱曼：你怎么找到我的？不把我当骚扰电话啦？

沈奕：曼曼，抱歉啊，这次是我经纪人的问题，不会再有下次了。你爸爸怎么样啊？

费筱曼：他还好。

沈奕：下次我陪你去看看他吧。

费筱曼：你这么快就想见家长吗？

沈奕：曼曼，回来就一起去看房子吧。

费筱曼：好。

西餐厅　日　内

[沈奕挂掉电话以后，嘉怡过来叫人。]

嘉怡：沈大师，怎么吃着吃着出来打电话啦？Lisa 姐还在那儿等着呢。

沈奕：没事，走吧。

医院病房　日　内

费筱曼：爸，我们家户口簿在哪儿啊？我想在上海看房子了，然后把户口迁过去。

费荣：你真的不愿意留下来？

费筱曼：我想离开，爸，我不想像其他人一样被困在这个小城中，明明外面还有更广阔的天空，你们为什么不愿意出去看一看？你是这样，妈也是这样。

费荣：你开心就好，户口簿就在我床头柜的抽屉里，你去拿就是，但是要记得，永远要认清自己的心，不要被外面的世界迷住了眼，忘了自己的心。

费荣卧室　日　内

［费筱曼翻出户口簿，却发现自己那页不见了。］

费筱曼：陆江。

陆江房间　夜　内

［陆江忙完回到自己的房间，一抬头就发现自己房间的灯是亮着的。］

［陆江疑惑地推开门，发现地上堆了很多新买商品的纸盒，桌上也放着好几个做好的菜。一个清亮的声音喊他。］

费筱曼：啊，你回来啦，先把包放下，洗手准备吃夜宵。

陆江：你为什么偷偷进来我房间？

费筱曼：我今天去拿户口簿，发现我的那页不见了，是不是你拿的？

陆江：是又怎么样？

费筱曼：你拿我的那页无非就是不让我彻底离开安南，然后跟你结婚。那么从今天起，我要开始学习做一个好老婆！来，坐。

［费筱曼端出几盘做好的菜。］

陆江：哟，让我看看今天的太阳，是从西边出来的？

费筱曼：当然，你也得学习做一个好老公。作为一个好老公，第一条就是老公要让老婆尽情地 shopping。

［陆江瞄到沙发旁的众多购物袋，他随便翻开看到吊牌上的价格，暗自憋下一口气。］

费筱曼：还有，第二条就是老公要吃完老婆做的菜。

［陆江咬下一口，差点吐出来，费筱曼故意将盐换成糖，所有菜都很甜。］

费筱曼：如果吃不完的话就说明你不是个好老公，我不会嫁给你。

［陆江满脸怒气地把所有菜扫干净。费筱曼很吃惊。］

陆江：我已经将菜吃干净了，那么，现在，我亲爱的未来老婆，你可以滚了！

陆江房间外　夜　内

［费筱曼被陆江赶出去，在她没有看到的地方，陆江也在深深地看着她。］

[费筱曼刚要离开，眼光扫到了陆江停在路边的摩托车。]

车棚　日　内

[陆江一大早准备出去进货，一出门就看到费筱曼靠着自己的摩托车在等自己。陆江面无表情地走过去，准备开车走，却发现费筱曼瞒着自己装了一把大锁，锁住了车。]

陆江：你今天又有什么毛病？

费筱曼：作为一个妻子，怎么能让你骑这么危险的交通工具呢？所以，从今天起，你就走路去吧。

陆江：你这是什么毛病？我不会管你的事，你也不要管我。

费筱曼：我是你的妻子，怎么能不管你呢？

陆江：我知道你不想嫁给我，我也想清楚了，强扭的瓜也不甜，咱们还是算了吧。

费筱曼：你想清楚了？

陆江：是啊，现在可以给我解开锁了？

[费筱曼给陆江解开了摩托车上的锁。陆江骑上车。]

陆江：不过等我什么时候心情好，我们再宣布解除婚约的事吧。

[陆江说完就一溜烟跑了。]

费筱曼：陆江，你个小流氓！

医院　日　内

[费荣出院。]

费荣：曼曼，今晚在"一竹亭"摆几桌吧，一来庆祝我出院，二来你也好久没回来了，跟大家好好聚聚，菜就让陆江做吧。

费筱曼：好，我知道。

"一竹亭"大厅　夜　内

[众人来到"一竹亭"，其中蓉蓉抱着自己两岁的儿子。]

[陆江烧了一大桌子菜，费筱曼帮着端上桌。]

蓉蓉：江子和曼曼越来越有夫妻相了，这一唱一和的，小时候他俩整人的时候一个挖坑一个填草也是这样。

费筱曼：蓉蓉，你都有儿子啦？

蓉蓉：是啊，2岁了，最让人头疼的时候。

费筱曼：当初你不是说要和我一起做模特的吗？

蓉蓉：是啊，可是我的好身材都被这个小子给毁了。

费荣：来来来，大家吃菜，喝酒。

众人：干杯！

"一竹亭"大厅　夜　内

［众人都喝了很多酒，尤其费筱曼，已经醉得走不太稳。其他人在猜拳喝酒。］

费筱曼：嘿，大家，真心话大冒险！来，陈峰，来！

［两人猜拳，陈峰输了。］

费筱曼：真心话还是大冒险？

陈峰：大冒险。

费筱曼：抱着蓉蓉跳贴面舞，要很近很近的那种！

众人：哦，贴面舞！贴面舞！

［陈峰走过去，抱起蓉蓉，吃力地跳香艳的贴面舞。］

费筱曼：哦，陈峰好样的，这样也能跳，下次换高难度的，和猪跳！

［蓉蓉脸色一僵，抱起自己的儿子。］

费筱曼：来，继续！

［陈峰又输了。］

费筱曼：真心话还是大冒险？

陈峰：大冒险。

费筱曼：不，真心话。陈峰，你还想在我们这个店里做跑堂的做多久啊？

凌心：曼曼，我来跟你玩。

［费筱曼输了。］

费筱曼：真心话。

凌心：你为什么不喜欢陆江？

费筱曼：因为他是个"一条先生"啊，除了饭做得好吃，没一点能拿得上台面。当年那个爬上他车后座的小女孩已经长大啦！来，继续！

［凌心输了。］

费筱曼：凌心，真心话！你为什么喜欢陆江？

凌心：谁说我喜欢陆江？

费筱曼：你当我们眼睛瞎了看不出来？喜欢就去追啊，陆江来，和凌心亲一个！胆小鬼，连喜欢都不敢承认。

蓉蓉：她吃错药了？

陆江：她喝醉了。

费筱曼：快！怕什么！亲一个！你看你们胆小的，根本就不知道踏出这一步，外面是多精彩，一群井底之蛙！

［所有人都被费筱曼说得变了脸色，陆江一把把胡言乱语的她扛起，走出去。］

街道角落　夜　外

［陆江将人扛到远离人群的角落里放下，拿起一瓶矿泉水，直接倒在费筱曼脸上，费筱曼抖抖身子清醒过来。］

陆江：是什么让你觉得你能像嫌弃垃圾一样嫌弃他们？

费筱曼：是你自己自作自受。

陆江：我自作自受？你跑到我这里来对我指手画脚，还对我的朋友们嫌东嫌西，好像自己比他们强似的。

费筱曼：我是比他们强！你们永远都躲在这么一个小城里，觉得很安全，很舒服，自己很了不起，你知道这是什么吗？井底之蛙！你看你，你知道什么是梦想吗？什么是坚持吗？什么都没看过……

［费筱曼说到一半，忍受不住胃里的翻江倒海，趴在一旁吐起来。］

陆江：你个醉鬼，醉成这样还谈什么梦想。

［陆江上前抱住她。］

费筱曼房间　夜　内

[陆江将费筱曼抱上床，退出房间时遇到费荣。]

陆江：荣叔，青姨呢？

费筱曼房间　日　内

[费筱曼清醒时，看到枕头旁放着自己的户口页。]

安南城门口　日　外

[费筱曼提着行李，独自走过街道，来到城门口，却看到凌心停着车在等她。]

凌心：我知道你今天要回上海，送你一程吧。

凌心车中　日　外

费筱曼：凌心，昨晚，对不起了。

凌心：曼曼，你知道我们家的历史吗？我爷爷的爷爷的爷爷开始在安南开医馆，当时突然有一种瘟疫袭击了安南，带走了很多人的性命，我的那位祖先就自己亲自试药，最终找到了治疗的办法，救了一城人的性命。你看，你现在在上海，随便生个病都有那么多医院可以看，可是安南没有，除了医院以外，也就我能帮大家看看病痛。

费筱曼：凌心，你想说什么？

凌心：曼曼，我从不是为一个人回来的，我是为安南这个地方回来的。

费筱曼公寓楼下　日　外

[费筱曼一下车就看到了远远等着的沈奕。]

费筱曼：凌心，再见。

凌心：曼曼，保重。

[沈奕奔过来，把费筱曼拥在怀里，凌心轻轻一笑离开了。]

上海的街道　日　外

［费筱曼在去秀场的路上。路上车水马龙，没有人会为了他人而停留片刻。］

秀场化妆室　日　内

［费筱曼一走进化妆室，嘉怡就迎上来。］

嘉怡：曼曼姐，你那天走得这么匆忙，还好吧？

费筱曼：我没事。

［费筱曼坐下来，新人化妆师走过来。］

新人化妆师：曼曼姐，今天还是我。

费筱曼：那很好啊，今天记得把头发盘紧点啊。

［新人化妆师给费筱曼上妆。］

［新人模特琳琳走进来，脸上戴了巨大的口罩。］

费筱曼：琳琳，你的脸怎么了？

琳琳：过敏，全是红疹子，我待会儿怎么办啊？

费筱曼：没事，等会儿先拿粉盖一盖。帮我拿那盒粉。

［新人化妆师走到旁边，在化妆盒里挑选。嘉怡递过来一盒粉。］

嘉怡：用这个，效果很好。

［新人化妆师把粉交给费筱曼，费筱曼又递给琳琳。］

费筱曼：用这个，遮瑕效果不是盖的。

T台　日　内

［众人依次展示。］

［琳琳一边走，一边觉得自己的脸很刺痛，底下的观众也开始窃窃私语。当琳琳走到台中无意间透过玻璃看到自己的脸时，她的脸已经泛起一块块的红斑。］

琳琳：啊……

秀场　日　内

[模特们站在一排接受质询。]

秀导：是谁给琳琳擦这么劣质的粉，不知道她的脸过敏吗？

嘉怡：我看到是曼曼姐给琳琳的。

费筱曼：我只是……小陈呢？你的粉在哪儿拿的？

[新人化妆师小陈只是远远地缩在后面，不敢露面。]

嘉怡：曼曼姐，自己犯的错就不要往别人身上推了。

费筱曼：我没有。

琳琳：曼曼姐，我知道你看不惯我们这群小模特，可你也不能这么干啊。

[费筱曼面对这样的指责，感到莫大的委屈，却又无言以对。]

秀导：好了，以后我的秀费筱曼就不要参加了，你年纪也大了，早点去谋别的出路吧。

"一竹亭"大厅　日　内

[午餐时间，"一竹亭"里人坐得满满当当。突然费林带着一群人冲进来，将吃饭的人都赶了出去。]

费荣：费林，你在干什么？

费林：我来视察我家的店啊。

费荣：这"一竹亭"什么时候变成你家的店了？

费林：你家费筱曼不肯继承，只剩下我这个姓费的可以继承了，所以就成了我家的店啊。

费荣：我绝对不会让"一竹亭"变成你家的店的。

费林：我说大哥，你也别这么想不开，把"一竹亭"变成一个高档的连锁餐饮企业，然后包装上市，有钱人家一起赚，多好。

费荣：说起来好听，你会保留我"一竹亭"传承了几百年的味道吗？

费林：大哥，现在已经没几个人能尝出这"一竹亭"有什么独特的味道啦，我现在手底下的厨师，哪个不是四大菜系样样精通？他们绝对能让"一竹亭"的招牌发扬光大。而且，现在费筱曼不肯继承，你的味道又要传给谁啊？

费荣：陆江，我把我全身的手艺都传给了陆江。他会和曼曼结婚，然后一起继承"一竹亭"。

费林：想得真不错。这样好了，大哥，几天后就是安南老城重要的办桌日，到那一天，我派出一位厨师，你派出一位厨师让他们来比赛，谁赢了，"一竹亭"就归谁。

费荣：好，我答应。

[费林带着人走了，费荣突然脸色发白，瘫坐在椅子上。]

陆江：荣叔，药，快点，药！

费荣：江子，帮我把曼曼带回来。

费筱曼家附近的公园　日　外

[费筱曼闷闷不乐地坐在公园里。沈奕走过来。]

沈奕：事情我听说了，别郁闷了。

费筱曼：你也认为是我做的？

沈奕：我知道你不是故意害她的，只是误会，可是谁也没有证据。

费筱曼：那难道我就这样任人把脏水泼到我头上？

沈奕：我跟你说过，对人要留心一点。

费筱曼：那就是彻底的自私，难道要对别人的困难视而不见吗？

沈奕：这就是在这个圈子中的生存法则。你今后准备怎么办？

费筱曼：不知道，也许我真的该想想如果离开模特圈，我该干什么了。

[沈奕突然单膝跪地，从口袋里掏出戒指。]

沈奕：曼曼，如果你暂时没有找到其他的工作，那么请允许我介绍一份工作给你好吗？这份工作会充满甜蜜、温馨，它会是你一辈子的保障。曼曼，嫁给我，好吗？

[费筱曼被这突如其来的求婚震惊到了，泪眼婆娑地想要答应，却被陆江的突然出现打断了。]

陆江：她不愿意。

沈奕：你是谁？

陆江：因为她还有个从小定亲的未婚夫，是吧？肥筱曼！

费筱曼：陆江，你怎么在这儿？

陆江：我来带你回家。

[陆江上前一把抓住费筱曼，沈奕强硬地拦住。]

沈奕：曼曼可不是你想要带走就能带走的。

陆江：哦，想打架吗？老子奉陪！我今天非把她带走不可。

[陆江和沈奕扭打在一起。费筱曼上前拉架，却没想到沈奕一拳没收住，在快要打到她时，陆江将她护在身后，自己挨了一拳。]

沈奕：曼曼，你没事吧？

[陆江扛起费筱曼，大步走开。]

陆江：她没事，如果你想找她的话就到安南城的"一竹亭"。

回安南的路上　日　外

[在回安南的路上，陆江载着费筱曼在路上飞驰。两人一路沉默。]

费筱曼：陆江，跟我说清楚，到底怎么回事？

陆江：费叔又病了。

费筱曼：你们又骗我，停车！

[费筱曼上手阻挠陆江驾驶摩托车，弄得险象迭生，但都被陆江高超的驾驶技巧化险为夷。]

陆江：骗你又怎样！你回去就知道我有没有骗你了！

费筱曼：你给我停车！停车！我不回去！

[就在离安南城不远的地方，一个玩耍的小孩突然从路边蹿出，陆江一个紧急刹车，车滑向一边，两人摔下，滚向护城河中，就在两人摔落的过程中，陆江一把拉过费筱曼，将她护在自己的怀中。]

护城河岸边　日　外

[陆江费劲地从水中站起身，走到岸边，他伸出手要拉费筱曼。]

陆江：把手给我！

费筱曼：你走！我不要你管！

陆江：今天不管怎么样，你都要跟我回家！你在生气我打扰了你的求婚？

你们什么时候求婚都可以，今天就是不行！把手给我！

费筱曼：你走开！我不要流氓的帮助！

陆江：好，你说的！

[陆江一气之下撒手，冷眼旁观费筱曼在水中挣扎。]

[当费筱曼在水中苦苦挣扎时，她的裙摆被水下的木桩勾住，拉得她往下沉。]

[陆江瞥见后迅速跳进水里，在水下把裙摆撕开，把费筱曼拖上岸。]

[陆江为护着费筱曼，在水下被木桩伤了右手，但为了不让费筱曼担心，自己悄悄藏起了受伤的手。]

费荣卧室　日　内

费荣：江子把你带回来了。

费筱曼：爸，到底是怎么回事？我走时不是还好好的吗？

费荣：费林来了，下了战书，说要在办桌日上比试，赢的人就能获得"一竹亭"。曼曼，帮爸爸这个忙吧，和陆江一起参加这次比赛，只要你们赢了，我就不再逼你嫁给陆江。

费筱曼：爸爸，好，我答应你。

陆江房间　夜　内

[陆江正在房中包扎伤口，费筱曼突然进来，陆江慌忙地用身体挡住了医药箱。]

费筱曼：我答应爸爸和你一起参加比赛。

陆江：是吗？不继续和荣叔顶着干啦？

费筱曼：我也不想"一竹亭"落在费林的手里。不过我可能帮不上什么忙，具体事情得靠你了。

陆江：你只要不给我添乱就谢天谢地了。

"一竹亭"的后院　日　内

[陆江从送菜人手上接过菜要扛上右肩时，一阵刺痛，昨日为救费筱曼右

肩受伤了。陆江沉默地换了个肩膀，将菜抬上去。]

安南城门口　日　外

[沈奕开着车来到安南，正好遇到青姨。]

沈奕：阿姨，您好，您知道去"一竹亭"的路怎么走吗？

青姨：又是按照美食地图找来的吧？

沈奕：我是来找我女朋友的。

青姨：女朋友？

沈奕：是啊，叫费筱曼，不知道阿姨认识不认识？

青姨：哦，曼曼啊，我熟，走，阿姨带你去。

[青姨上了沈奕的车。]

安南城街道　日　外

[青姨坐在车上给沈奕瞎指挥，让他在城里转圈。]

沈奕：阿姨，什么时候才到啊？

青姨：快了，快了，你看这可是老酒坊啊。

沈奕：啊，我看到"一竹亭"的招牌了。

"一竹亭"厨房　日　内

[费筱曼追着陆江看他做菜。]

陆江：你今天贴得这么紧干什么？

费筱曼：看你做菜啊。

陆江：这么看，小心我以为你对我有意思啊。

费筱曼：我是对你做的菜有意思。想到小时候我也是这么贴着我爸，看他做菜的。

陆江：就你的味觉，能尝出好坏吗？

费筱曼：小看我，我的味觉可是继承了我们老费家的光荣传统好不好，我就是不想做，我如果做厨师，肯定比你好。

陆江：你就吹吧。

［陆江伸手拎一桶水，突然他右手一阵剧痛，水打翻在地。］

［费筱曼在这湿滑的地板上滑了一跤，于是陆江顺势去扶，最终两人以一个暧昧的姿势跌倒在地，嘴碰着嘴。］

［正当两人尴尬时，沈奕兴奋地跑进来。］

沈奕：曼曼！

［看到两人的位置，沈奕掉头就走，费筱曼爬起来就去追，无意中又压到了陆江的伤处。］

安南广场　日　外

［费筱曼追上沈奕。］

费筱曼：沈奕！沈奕！你误会了！

沈奕：我看得清清楚楚，难道还误会了？告诉我，他是谁？

安南街边的茶桌　日　内

［两人坐在茶桌前。］

沈奕：这么说来，你们俩这次的比赛赢了，婚约就解除了？

费筱曼：是啊，更重要的是"一竹亭"就保住了。你应该来尝尝我家的菜，真是色香味俱全，绝对不输五星级饭店。

沈奕：曼曼，我会全力支持你们的这次比赛的，不会在意你俩的关系，不过你要先给我颗定心丸吃，那天的求婚，你还没回答我呢。

费筱曼：我愿意！

［两人拥吻。］

安南老城　日　内

［在费筱曼和沈奕手牵手逛老城时，青姨突然冲出来。］

青姨：不好了，陆江的手坏了！

医院　日　内

［费筱曼带着沈奕匆匆赶到，看到的却是右手被包扎得紧紧的陆江。］

医生：看这样子，短期之内不能提重物了。

费荣：那还能参加厨艺比赛吗？

医生：刀都握不了，何况是炒菜了。

费筱曼：难道是你那天为了救我才受伤的？

陆江：是我自己不小心。

费荣：厨艺比赛该怎么办啊？

费筱曼：爸爸，我去，我来做。

费荣：可是你哪会做啊？

费筱曼：我小时候可是训练过的，而且，陆江虽然不能做菜，但他可以教我啊。

陆江：是啊，从明天开始特训，比赛的时候应该能上。

"一竹亭"厨房　日　内

[费筱曼接受陆江的集训，陆江一反痞子的样子，变身成为一个严格的教练。]

[沈奕在旁边拍照记录。]

费筱曼母亲墓地　日　外

[费筱曼带着沈奕去扫墓，看到墓上放的花，深深地动容。]

费筱曼：妈，我来看你了。

沈奕：阿姨。

费筱曼：妈，希望你能保佑我和爸爸，赢得明天的比赛。还有陆江。

"一竹亭"厨房　夜　内

[陆江艰难地靠自己的左手为费筱曼准备明天办桌大会比赛的菜品。]

[偶然路过厨房的费筱曼看见，停下了脚步，默默地看着。]

[陆江不小心将酱汁粘在衣袖上，但因为双手很脏，没办法擦干净，弄得狼狈不堪。费筱曼走过去，轻轻地将他的衣袖擦干净，又翻出一块姜片，打开水龙头让陆江洗手。]

陆江：这么晚，你怎么来了？

费筱曼：陆江，我母亲墓地上的花是不是你放的？

陆江：你去过啦？

费筱曼：是啊。

陆江：我以为你不敢去你母亲的墓上呢。

费筱曼：我还在害怕。我很爱她，可是又不理解她，她将自己的一辈子都埋葬在了这个小城里，埋葬在了这个厨房里，明明有很多机会可以出去，但她都放弃了。我害怕自己会变成她这个样子。

陆江：所以你才会突然消失，你不知道，当我一觉醒来，你却已经不见了，我有多么伤心。如果，如果你妈妈没有去世，你是不是不会这么排斥我们的婚约？

费筱曼：我不知道。从小到大，你都是对我最好的人，过去是，现在是，将来也会是。我不后悔曾经和你在一起，但是我们还是必须往前看，不是吗？

陆江：是啊，过了明天，一切都会不一样。不管结果如何，我会是你永远的朋友，永远的哥哥。

费筱曼：陆江，对不起，谢谢你！

［费筱曼动容地拥抱了陆江，最终是陆江一把推开费筱曼，转身走出厨房。］

［两人的拥抱被来找费筱曼的沈奕看到，他默默地转身离开。］

老城街道　日　外

［办桌大会的这一天，老城的居民们纷纷从家中搬出桌椅板凳连成一条线，远远看去气势恢宏，到处都洋溢着欢乐的笑声。］

［菜陆陆续续上桌后，众居民们纷纷对菜品进行表扬，表示这么多年，这正宗的淮阳味都没有丢。］

"一竹亭"后厨　日　内

［比赛就要开始了，费筱曼开始紧张起来。］

费筱曼：怎么办？我好紧张。

[陆江握住她的手。]

陆江：你不是一直说是你领我进的厨房，又继承了费家的天赋，那还怕什么？相信自己，你一定行的！

老城街道摆桌大会比赛现场　日　外

[厨艺大赛紧张地开始了。]

[费筱曼和费林团队的比试开始了，双方人马都拉开阵势开始比赛。]

[费筱曼本来要包蟹黄汤包，打开冰箱却发现蟹黄馊了。]

[沈奕用自己的镜头记录下费筱曼认真的表情。]

费筱曼：怎么回事？蟹黄竟然是馊的？

[费林看到费筱曼的惊慌，眯着眼睛笑了。]

费筱曼：怎么办？怎么办？

[正当费筱曼无计可施时，本来应该已经离开的陆江出现了。]

陆江：别紧张，看看我们还剩下什么？

费筱曼：就剩一小盘肉丝和韭菜了。

陆江：那就做韭菜炒肉丝。

[费筱曼切菜的手一直在抖。]

陆江：别紧张，深呼吸。不要盯着刀看，用感觉，下刀要快。

[费筱曼开始炒菜。]

陆江：注意火候，对，快炒！

老城街道摆桌大会比赛现场　日　外

[两支队伍的菜都做好了。]

费林：金玉满堂，请各位评委品尝。

[评委们各尝了一口。]

评委甲：不错，很入味。

评委乙：虽然不像是正宗淮扬菜，但是味道鲜而不腻，将各大菜系的特点融合得很好。

费林：请各位评委打分。

[所有评委都打了满分。]

费荣揭开盖子，里面就见一道碧绿碧绿的韭菜炒肉丝。

评委甲：这是什么？韭菜炒肉丝吗？

评委乙：这不是家家都在做的菜吗？

[评委们带着怀疑的态度品尝。]

评委甲：我在这里面怎么吃出了家的味道？

评委乙：我妈妈当年做的韭菜炒肉丝就是这个味道！

费林：请各位评委打分。

[只有评委乙打了九分，其他都是满分。]

评委乙：在我心中，只有我妈妈做的才能打到十分，对不起了。

费林：哈哈，差一分，大哥，我赢了。

费荣：这可不一定。

[底下品尝过两道菜品的群众纷纷表示韭菜炒肉丝赢了。]

群众：韭菜炒肉丝好吃，韭菜炒肉丝好吃！

评委甲：现在我宣布，韭菜炒肉丝，也就是费荣队获胜，获得"一竹亭"的经营权。

[费筱曼开心地和众人欢呼，当她想回头拥抱陆江时，却发现他已经不见了。]

[费林灰头土脸地走了。]

老城街道摆桌大会比赛现场　夜　外

[摆桌大会在费筱曼胜利后一直持续到了晚上，大家都很兴奋。点起了灯的摆桌大会，像两条火龙盘在古城里。]

费荣：大家，大家，我在这里宣布，从今天起我要退居二线，"一竹亭"将交给陆江主持。还有，曼曼和陆江的婚约今天正式解除，时代不一样了，年轻人要有自己选择丈夫的权利。

"一竹亭"厨房　夜　内

[费筱曼到厨房里找陆江，却只看到他放在桌子上的定亲玉坠。]

老城街道摆桌大会比赛现场　夜　外

［沈奕将费筱曼拉到台上。］

沈奕：今天是个好日子，我和曼曼也有个好消息要告诉大家！曼曼已经答应了我的求婚，我们决定结婚，并且婚礼就在这里举行，请大家都来参加！

［众人欢呼，费筱曼却愣愣地没有反应。］

费筱曼房间　日　内

［费筱曼在床上辗转反侧，给陆江打了好几个电话，但是都无人接听。］

［苜突然出现。］

苜苜：猜猜我是谁？

费筱曼：苜苜！你怎么会来？

苜苜：你的婚礼我怎么可以不来？我不仅来了，还给你带了个大礼。

［苜神秘地打开一个大礼盒，里面是 Very Wang 的婚纱。］

费筱曼：这是，这是当时嘉怡穿的那件 Very Wang 主秀的婚纱？

苜苜：是啊，这可是沈奕花了大价钱才订下来的，知道你喜欢。

费筱曼：没想到我在秀上没有穿上，它竟然成了我真正的嫁衣。

苜苜：你可真是幸福啊，有人把你这样放在心上。

费筱曼：是啊，我真的很幸福。

各种婚礼用品店　日　内

［费筱曼和沈奕一起准备婚礼所需用品，可是在有意无意间，费筱曼总是在回头寻找什么，寻找不到便怅然若失。］

费筱曼房间　日　内

［终于到了婚礼的这一天，凌心和苜陪费筱曼在房间里梳妆打扮。］

凌心：曼曼，你确定了吗？

费筱曼：确定什么？

凌心：你的心。

[费筱曼沉默。费荣走进来，费筱曼取下自己一直戴着的玉坠。]

费筱曼：爸，我就要结婚了，这定亲的玉坠你帮我收着，找机会还给陆江吧。

"一竹亭"厨房　日　内

陈峰：确定不要去前面参加曼曼的婚礼吗？

陆江：不用，去了反而尴尬。

陈峰：就这么放弃不可惜吗？我可是从小就认定你俩是一对的。

陆江：有什么可惜不可惜的，有些人不是你的也强求不来。

陈峰：那你又何苦来做这场婚宴呢？

陆江：没关系，我的祝福她吃得出来。

[陆江突然发现少了一个野味，决定自己去山上找。]

"一竹亭"大厅　日　内

["一竹亭"大厅被布置得浪漫至极，沈奕在大厅的一头静静地等待着费筱曼的到来。]

[一阵雷雨声，外面下起了大雷雨。]

[随着入场音乐响起，费筱曼挽着费荣的手，慢慢地走进大厅。]

费荣：紧张吗？不要紧张，宝贝，只要你坚定了你的心，往后的日子会充满幸福的。

[费筱曼和沈奕并排站立，牧师开始念结婚誓词，这时陈峰冲了进来，打断了婚礼。]

陈峰：不好了，陆哥去山里找野味，两个多小时了还没有回来。

费筱曼：什么？赶快去找啊！我也去。

沈奕：曼曼，先让我们把仪式完成，就差最后的我愿意了。

费筱曼：可是陆江不见了，我们一定要把他找回来的，等我找到他以后再回来。

沈奕：等你找到他，你还会回来说我愿意吗？

费荣：曼曼，不要着急，他会没事的，至于现在，听听你自己的心，这个婚礼要继续吗？

沈奕：曼曼，我会支持你的任何决定。

［正当费筱曼难以抉择时，陈峰托着托盘走出来，托盘中放着一道菜。］

陈峰：曼曼，等你吃完这道菜，你就能做出正确的选择了。

［费筱曼尝了一口，那种幸福的感觉浓浓地化在嘴中，她下定了最后的决心。］

费筱曼：沈奕，你不会想要娶这样的我的。

沈奕：这样的你？

费筱曼：你不会想要娶这样一个已经把自己的心交给别的男人的女人的，我不知道要说什么，可是对不起！

沈奕：我能问我有什么地方做得不好吗？

费筱曼：你没有什么不好，有时候理智告诉我要爱一个"二十一条先生"，可是我的心只能爱上一个"白板流氓"。

沈奕："白板"？

费筱曼：好吧，是"一条先生"，只有菜做得好吃。

沈奕：所以我的优秀、对你的好竟成了你不爱我的理由？

费筱曼：不，我很感激你，但是事实是，你也不会想娶我的，我只是一个你欣赏的女人，不是你真正想娶的那个人。

沈奕看着费筱曼的脸，仔细想着她的话：嗯，嗯，也许，你是对的……原来就是这种感觉，祝你幸福！

［沈奕潇洒地转身，离开了现场。］

［现场一片躁动］

苜苜：这到底是怎么了？不过这婚到底是结还是不结？

费筱曼：当然结，爸爸，陆江的玉坠还在你那儿吧？

费荣微笑地掏出来：是啊，宝贝，我就知道你最后会知道自己的心在哪里。

［费筱曼拿过来，套在自己的脖子上，两块玉坠相撞，发出清脆的声音。］

［费筱曼飞奔出门。］

山林　日　外

[费筱曼穿着婚纱，走进山里，找到了正在两人的秘密基地里躲雨的陆江。]

费筱曼：嘿，厨子，那道菜不错哦。

陆江：衣服不错，你的丈夫呢？

费筱曼：我还没有丈夫，不过我的未婚夫就在我面前。

陆江：未婚夫？我可没有什么未婚妻。

费筱曼：你现在有了。

费筱曼走上前去，把自己的那个玉坠戴在陆江脖子上。

费筱曼：你好，未婚夫！

[陆江拉过费筱曼，狠狠地吻上了她的唇。]

（完）

青春集合号

操场　日　外

［全民健身，热火朝天。］

［老人在悠闲地玩着健身器械，一边聊着天。］

［穿着运动短袖的女孩戴着耳机在操场上跑圈。］

［网球场上，发球动作。］

［高高抛起的网球和太阳的光点重合。］

篮球场　日　外

［一场篮球赛正在进行，比赛如火如荼，邱欣好不活跃。］

［场边观战的人整齐地、夸张地张大嘴看向场内，整齐地用手把下巴扶上去。］

季承：邱欣，邱欣，最最棒！

［邱欣明显不是街头篮球高手的对手，被对方成功抢断。］

［季承立马蔫了，瘫在座位上。］

［林伟德再次戏耍了邱欣，篮球在他衣服里滚了一圈，重回到了他的手上。］

［邱欣还没来得及反应，林伟德突破了她的防守，不小心撞上了她的肩膀。邱欣再起步已经晚了，她执着地追了上去，狠狠地推了林伟德一下。］

邱欣：道歉！

球手 C：凭什么？

邱欣：道！歉！

林伟德：小个子，懂不懂规矩啊？不会别在这儿瞎掺和！

[看球的人、打球的人都注视着这里。]

[邱欣浑身一个激灵，鸡皮疙瘩掉了一地，尴尬地走掉了。]

奥成高中　日　外

[告示栏前，邱欣认真地看女篮获得全市亚军的嘉奖。]

季承：小欣欣，感不感兴趣？参加吧，我陪你去报名，别不好意思啊。

[邱欣不屑地走开，季承追上。]

奥成高中　日　外

[季承和邱欣在走廊上与教导主任擦肩而过。]

[章荀的母亲一路走过去，不断有学生向她鞠躬问好，她点头。]

季承：小欣欣，快装作看不见。

[季承见已经来不及了，拽着邱欣点头问好。]

季承、邱欣：主任好。

[章荀的母亲一走。]

邱欣：干吗呀？

季承：你不知道，那一丝不苟的头发，那端庄的长裙，这个主任，一年四季只穿裙子，你说变态不变态？

邱欣：你都是从哪打听来的？

季承：我这张脸。

邱欣：然后呢？

季承：她可是我们学校的"四大名捕"！遇到她监考，就完了！而且她丈夫也是我们学校的老师，挺风趣的，真是可惜了。

邱欣：都在奥成？这个血统太纯正了，他们要是生个小孩，也在奥成也太有意思了。

[两个少年的身影越走越远。]

体育教研室　日　内

[李瑾看到章荀的母亲立马立正站好，章荀的母亲跟李瑾谈了很久。]

篮球馆　日　内

[篮球队新队员集合。]

邱欣：邱欣，178cm，65kg，高一（7）班。

林楠：女孩？完全看不出来。

章荀：章荀，164cm，48kg，高一（15）班。

龙套队友：有没有搞错，尖子班？成绩好，还要体育好，那我们怎么考大学啊！

武微：首先，欢迎新队员！我是队长武微。我们来奥成篮球队，不是混日子的，是要出成绩的，上一届女篮成绩卓著，我们也不能差！

[王念筑摇晃着脑袋念，明显已麻木了。]

武微：来！热身。王念筑，你多跑十圈。

[王念筑当场石化，队员散开，她绕球场跑圈。]

李瑾：分组练习，武微、林楠、王念筑一队。

李瑾：我和新生一组，输的队五十圈！

武微：教练，您怎么说也得一百啊！

李瑾：翻天啦！

[分组比赛开始，李瑾才发现了章荀是个彻底的门外汉。]

李瑾：章荀，传球！

章荀：啊？

裁判哨响：走步！

武微：谢啦，教练！

[李瑾懊恼回防。邱欣运球的镜头。]

李瑾：重心放低！球运得太慢了！

[李瑾越过邱欣，邱欣不甘心地把球传给李瑾。]

邱欣：有这么打球的吗？累死了！你，低位防守，这样防得住我吗？

［季承干着急，咬着面巾纸，拼命拽着。］

［李瑾急停，手起球落，球应声入网。］

邱欣：干吗不传给我？

［李瑾一拍脑袋，重重叹了口气。］

［邱欣不断被抢，上篮不进，越打脾气越大，最终把球狠狠摔在球场上，转身就走！］

武微：你这是？

邱欣：烦！

季承：小欣欣……

［篮球一下一下越滚越远，越滚越频繁。］

林楠：这年头，男女都颠倒了啊！

魏潇月：我倒是觉得挺合适的啊！

武微：是幻觉，幻觉……

［武微狠狠地瞪了众人一眼，她在素质表上一项项地画叉，越画越大！章苟完全是个门外汉，最后无奈地摇头。］

奥成高中　日　外

季承：小欣欣，等等我。

［邱欣反而低头越走越快，季承还是追了上来。］

季承：赶快回去吧。

邱欣：不要。

季承：你既然决定加入篮球队，就要和大家好好相处啊。

［邱欣撇嘴。］

季承：邱欣，为什么遇到所有问题你都是逃避呢？街头篮球打不过，你逃。现在有这么好的平台，你还是逃，你到底在怕什么？

邱欣：我没有！

季承：回去！

邱欣：不。

季承：你在怕！

邱欣：明天。

邱欣家　夜　晚

邱欣母：回来啦。听季承说，你参加篮球队了，队里怎么样？

[邱欣还在四处张望。]

邱欣母：他还没回来，妈妈问你呢！

邱欣：就那样！

邱欣母：要不要妈妈去打个招呼？

邱欣：不！

[邱欣说完转身上楼，进了自己的房间。]

章荀家　夜　内

[章荀埋头学习。]

章荀父：小荀，要不要和爸爸谈谈今天第一天的训练啊？

章荀放下笔：还行，我一定会成为最好的！

章荀父：小荀，爸爸不要你做最好的……

[章荀一句话不说，也不理会。章荀父只好离开。]

[时间一分一秒地流逝，天已泛起鱼肚白，电脑上还在闪烁着篮球的信息，章荀不时地摆弄着手里的篮球。]

厕所　日　内

[章荀一遍一遍不停地洗手。]

同学甲：章荀？章荀？

[同学乙猛拍了章荀一下。]

[章荀猛地回过神来。]

章荀：好了，走吧。

篮球馆　日　内

[季承到篮球队，不停往里面张望。]

武微：没来呢，别看了。

季承：武微姐姐，她马上就来了，再等等嘛！

武微：别来这套。

王念筑：教练，我看邱欣不来了，我们开始吧。

李瑾：不等了，马上分组对抗，你带一下章荀。

武微：啊？哦。

[武微帮章荀按压韧带，手劲渐渐加重。章荀豆大的汗珠滴在地板上。]

武微：忍住，我可不会对小队员客气的！起来，看看能动不？

[章荀一声没哼，却突然发觉，身手灵巧多了。]

武微手把手地教章荀起跳技巧：记住，是用全身的力，尤其是腰部……

更衣室　日　内

[邱欣换好衣服，犹豫地将手放在门把上许久，还是拉开了门。]

篮球馆　日　内

邱欣：报告！

[篮球馆里早已练得热火朝天，邱欣莫名有些失落，"告"字的尾音吞回到肚子里。]

季承：小欣欣，我就知道你会来。武微姐姐，我家小欣欣来喽。

武微：迟到啊，罚跑一百圈，去吧。

邱欣：凭……

季承：好！我家小欣欣这就去。

邱欣：我不跑，要跑你跑。

季承：我陪你跑不行吗？忍忍吧，就这一次。

邱欣：就这一次，不要你陪。

季承：呜呜呜，人家想陪嘛。

[邱欣完全不理会季承，自己跑了出去。]

武微：来整队。

［邱欣快速到了队伍里。］

武微：今天的训练到此结束，收队。

邱欣：收队？

［武微不理会邱欣，率先离开。］

季承：到时间了。

邱欣：那我干吗不去田径队？

章荀：教练，可以再教我一点东西吗？我还想再学一点。

李瑾：你的运动量够大了，强度再大对你的身体不好。

章荀：教练，我可以的。

李瑾：好。首先是持球，两手掌张开，像这样……

［李瑾随手抄起一个篮球，耐心地指导起来，可是章荀对李瑾的示范始终摸不到门道。］

［其他队员也都换好衣服走了过来。］

林楠：小瑾瑾又在开小灶了，各种羡慕嫉妒恨啊！

魏潇月：听说她是教导主任的女儿。

王念筑：难怪了——这一届新人，一个老大，一个关系户，真不可爱。

武微：说什么呢——还不走？

［夕阳的余晖洒满整个篮球馆。］

李瑾：章荀，真的够了，今天的训练结束了！

章荀：教练，你先走吧，我再练会儿就回家。

李瑾拖着章荀：立刻给我去换衣服。

章荀激烈地挣扎：练一会儿！就一会儿！

［李瑾拨开章荀手中的篮球，章荀去追。李瑾一把将篮球打远，砸在墙上，回弹到地上，一下一下越滚越慢，直至停止，整个球场无比安静，只听到篮球滚动的声音。天已经黑了下来，整个球馆是寂寞的青黑色。］

［李瑾和章荀都沉默，章荀低着头，汗水一滴一滴地掉在地板上。］

李瑾慌了：怎么了？

章荀：为什么不让我练完？

李瑾：章荀，我们换衣服回家了好不好？

章荀：为什么，为什么？

章荀家　夜　内

［李瑾狼狈地帮章荀拿着书包，把校服披在章荀身上，小心护着章荀。］

［章荀一直低着头，一言不发，漠然往前走。］

［章荀父母在门口等，章荀父焦急地迎了上来，接过章荀。］

李瑾：主任，对不起，我不知道为什么会这样？

章荀母：没关系，你先回去吧。

教室2　日　内

［章荀的笔不停地戳着纸，纸上黑点一片。章荀突然打了个激灵，反应过来，狠掐了自己脸一下，继续听课。］

教室1　日　内

老师：季承。

［季承猛地站了起来，把手里的杂志硬塞进抽屉里。］

［邱欣回过头来，季承求助地看着邱欣。］

邱欣（故意小声）：选B。

季承：选B。

老师身后的黑板赫然写着：填空题。

［班上一片笑声。邱欣埋着头笑得特别开心。］

奥成高中　日　外

［众多学生放学。］

体育教研室　日　内

章荀母：章荀昨天失态了。

李瑾：失态？

章苟母：嗯。

李瑾：哎呀，主任，你放心，可不可以给我个机会？主任，你也是篮球队出来的，我们篮球队从来不会放弃任何一个队员。

章苟母：但是我只要成功，不要失败。

篮球馆　日　内

［邱欣和章苟被晾在一边。章苟独自练着基本功。］

季承在篮球馆门外，远远地故意小声喊：小欣欣，没关系的，马上就让你上场了。

邱欣：搞什么？什么观察球队战术！

邱欣沉默了一阵，开始打趣章苟：高才生，了不起。

［章苟不再理会，继续练习。］

［邱欣百无聊赖，信手玩起了篮球。章苟看到邱欣的花式篮球，非常羡慕。邱欣来了兴致，嘚瑟地玩起了各种花样，（快进）玩得气喘吁吁，才停下来。］

邱欣：还不赖吧，不如拜我做师父吧，怎么样？

章苟：……

［场边的季承递了饮料给她。］

王念筑捅了魏潇月一下：看看又有人服侍了。

［邱欣负气地丢开饮料。］

武微：今天的训练到此结束，解散。

邱欣在场边等得已经麻木了，僵硬地站起身：你说，结束？

武微正准备出门：嗯。

邱欣：我今天连球都没摸到一下，你就结束了？

武微：哎？你是谁？

邱欣：你！

武微：姑娘们，收队！

更衣室　日　内

王念筑：队长，带感哎！

林楠：哎哟，不错哦！

武微：不给她点颜色，还真把我们篮球队当二食堂了……

林楠：队长求你了，本来还觉得我们蛮高级的，突然就垮了。

魏潇月：我看啊，顶多是个鸭血粉丝汤店。

武微：要不，还是第二食堂吧！

［女孩们的笑声洋溢在更衣室内。］

篮球馆　夜　内

［篮球馆内，灯光全开，章荀在李瑾的指导下，学习新的技术。］

李瑾：今天教你投球的基本动作，看这儿，两腿分开，微曲……

［章荀的动作还是不得要领。］

［李瑾一再指正，不厌其烦。］

邱欣家　夜　内

［邱欣拿着篮球摔门而出。］

邱欣母追了出来：邱欣！

邱欣父在房间内喊：不要管她！

体育公园2　夜　外

［公园只有遛狗的和稀稀拉拉锻炼的年轻人。］

［邱欣坐在场边抱着篮球看着，也渐渐静下心来。］

［季承匆匆赶来，安静地坐在她身边。］

章荀家　夜　内

章荀父：今天，怎么样？

章荀：没问题的。

章荀父：好，爸爸不打扰你了。明天月考，加油！

[章荀父退了出去。]

章荀父：为什么要让小荀打篮球？

章荀母：运动可以舒缓紧绷的神经，我当年就是打球、学习，互相促进。

章荀父：小荀是小荀！

章荀母：小时候对小荀要求最严格的是你，现在跟我说什么。

章荀父：可我后悔了。

[章荀父说完，朝章荀的房门看了一眼。]

章荀母：是的，你后悔了，不管了，小荀的成绩不就下滑了？你不管，好，我管！

章荀父：你要我说什么好！

章荀母：你最好什么都不要说！

[两人不欢而散。]

[房间内，章荀的眼镜片里面反射着电视屏幕的蓝光，蓝光里是一场篮球赛，章荀握在手上记录内容的笔，久久没有落下。]

李瑾家　　夜　内

[李瑾不断修改计划，抓耳挠腮。]

教室1　日　内

邱欣：呵，我爸用这个手机来监视我。

季承：我说邱欣，你就不能正常点，你爸爸明明是关心你，要不他昨天也不会……

邱欣：你个叛徒！

[季承小心地护着手机，两人才打闹一阵，班上突然安静了下来。两人以扭打在一起的诡异姿势看到章荀母走了进来，章荀母默默地看了他们一眼，两人迅速分开。]

章荀母：这位女同学，你坐到第一排来。

[全班像突然反应过来一般，一片哗然。]

众人：啊？不是吧？要不要这么惨！四大名捕哎！

［邱欣一脸茫然地收拾东西。］

季承：还记得我跟你说过的，不穿裤子小姐，四大名捕哎！她监考那个劲啊，跟全班都欠她十万元一样，不想考好都难。

邱欣：两者有什么联系吗？

季承：当然有。

章苟母：安静！你，快点，你什么时候坐定，我什么时候发考卷。

［邱欣勉强起身，挪到第一排坐好。］

章苟母：还有什么问题？在考试过程中，不得借胶带、涂改液、橡皮，不得去厕所，所有的书都拿到讲台上来，抽屉清空。

［邱欣坐在第一排，啧啧称赞。］

奥成高中　日　内

［学生们奋笔疾书的特写，考试时安静的、微微紧张的气氛。］

［章苟母认真地注意着每个学生。李瑾打着哈欠，熊猫眼，满眼血丝，斜斜地、帅帅地靠在门边上，有一下没一下地敲打着裤腿。］

［收考卷的人刚从他的座位旁收走考卷向前走，身后的同学们鱼贯而出。］

更衣室　日　内

林楠：哎，今天考试考得我头痛。我团了张状元楼的券，不如今天一起去吧。

魏潇月：冲冲冲！

王念筑：你还能吃？你马上要从小前打到中锋喽！

魏潇月：那是曲线，你不懂。

林楠：你说，喊不喊女魔头啊？

魏潇月：肯定喊！谁叫她是女魔头啊！

邱欣在一边换衣服，有点尴尬：我也去！

王念筑：啊你也去啊？我们，人数已经满了哎团购要求四个人，是吧？

［王念筑拼命使眼色。］

邱欣脸有些僵硬：好，下次下次。

更衣室　日　内

[李瑾顶着硕大的黑眼圈、红血丝眼进来。]

王念筑捅了捅在拉韧带的武微：要命，国宝都来队里视察了，赶快列队欢迎。

大家站好队，邱欣仍被晾在一边，想着刚才更衣室的一幕，越想越窝火。刚巧章荀在反复练习昨天的动作，邱欣没忍住道：你个子小，力量不足，单手投不适合你，等力量练上来再说，先这样……

[李瑾见邱欣的指导章荀还挺受用的，便也乐见其成。]

[两人俨然已经成为离开整个队伍的小团体。]

邱欣：好了，今天就到这吧。

章荀：我还想再练一会儿。

邱欣：不练了，想不想吃状元楼？我请客！

章荀：不去了，我还想再练会儿。

邱欣：不要练了，再练动作都畸形了！走！

[邱欣伸手去拉章荀，章荀没吭声，也没有动。]

邱欣：算了，不去拉倒！

奥城高中　夜　外

[邱欣拉着季承大踏步地出了校门。]

酒楼　夜　内

服务员：您好，请问是团购，还是非团购？

邱欣：怎么可能是团购！非团购！要靠门的位置！

服务员：那您请这里。

[邱欣点了一堆菜，在饭店里大吃大喝，季承无奈。]

这时，篮球队的队员们进来，正好看到邱欣这副吃相，不由得一惊。邱欣没心没肺地拍着季承：来，季承，跟队长打个招呼。

[季承干笑了两声。]

邱欣：服务员！结账——

［邱欣拖着季承走出饭店的门，季承尴尬地赔着笑脸。］

林楠：完蛋了，完蛋了。

［武微敏锐地眯起了眼睛。］

教室2　日　内

老师：这次月考，虽然不是大考，但也能反映这段时间大家的学习水平。有的人，一如既往很稳定，有的人……

［老师扫视一圈。章荀狠狠地低下头，课桌下两只手紧紧绞在一起。］

老师：逆水行舟，不进则退了。好，来发考卷，第一，九十七分，张斯；九十七，杨琦。第二……

［同学们纷纷从章荀身边来回，拿到了自己的考卷。］

老师：章——荀——，八——十——

［章荀魂不守舍地起身，浑浑噩噩地拿回了自己的卷子，紧紧捏在手上。再抚平时，卷子上都是汗湿的褶皱。］

篮球馆　日　内

武微：今天邱欣、章荀和我们一起训练。

［邱欣十分兴奋，章荀缩在角落，被邱欣硬拉着上了球场。］

邱欣：终于知道姐姐的好了，是吧！

王念筑：队长怎么想的？

林楠：是呀。

魏潇月：也没事，反正就练练嘛，总要一起的。

王念筑：我可不想和大姐头打球。

［林楠和魏潇月已经跑开了，王念筑只好作罢。章荀一上场动作就失误连连，拿着球就开始发愣。］

［"吧嗒"篮球重重地砸在地板上，"啪啪啪啪"越滚越远。］

［球场上静得只能听见篮球滚动的声音。］

章荀的周遭出现了很多嘈杂的声音：天啊，她这是在打球？就算是关系户，学了这么久，怎么还是这么差？我看她啊，根本就不行，根本就不行。

［邱欣及时赶上救起球，晃过林楠的防守，冲章荀做了个鬼脸。］

邱欣：不要怕，包在我身上。

［章荀感激地点头，但还是僵硬地向前场移动。］

［王念筑对位邱欣，几次差点抢断成功，邱欣无奈，把球传了出去，却还是改不掉颐指气使的毛病。］

邱欣：会不会打球？回传！章荀，这里！

［章荀听到邱欣的话乖乖地跑到邱欣指定的位置，也只敢把球传给邱欣。］

［如此几个回合下来，队员们的不满渐渐爆发出来。］

林楠：搞什么？这还怎么练啊！

王念筑：队长也不管管。

武微：你们俩，过来！你搞什么？篮球是集体项目，是一个团队在打！你的眼里就只有邱欣，是不是？那你干吗不干脆结婚嫁了算了！

［季承立马黑脸，被武微狠狠地瞪住。］

武微：你到底在紧张个什么劲！我武微虽不是如花似玉，也不会吃了你吧！

［章荀紧张地不断看李瑾。］

武微：不要看教练！他没有我长得耐看！

李瑾：好了，收了。先休息一下。

［李瑾将章荀领到了场边。］

［章荀慢慢退到角落。］

［李瑾注视着场上僵持的武微和邱欣，一时没有注意到章荀的失态。］

武微：来单挑一球吧。

邱欣：求之不得。

［邱欣在武微的防守下投入一球，武微同样突破了邱欣的防守，却退回到三分线，以一个三分球结束了对抗。众人看得兴致勃勃，看到这一幕，全愣住了。］

邱欣：你搞什么！这也算？

武微：抱歉，规则如此。

邱欣：你堂堂队长，怎么能做出这么龌龊的事情？

武微：可是我赢了。

[邱欣摔球离开，季承连忙追了出去，武微望向门口，十分失望。]

奥城高中　日　外

[季承拽住邱欣。]

季承：回去！

邱欣：不！

[季承拉着邱欣就往回走，邱欣甩开季承的手。]

邱欣：凭什么要我跟一个只想赢的小人打球。

季承：究竟是你想赢还是队长想赢？

邱欣：想赢有什么错？只有想赢才有动力！

季承：可是，你赢了吗？

邱欣：是她使诈！

季承：就算她不使诈，你也只能和队长打平手，你防不住她，那根本就不是赢！

[邱欣不说话。]

季承：回去吧！

邱欣：是你跟我说，要努力融入这个团队，不要逃避，我有努力尝试啊，可是她们依然容不下我，我永远都不会回去那个地方！

[邱欣狠狠甩开季承，转身就跑。]

体育公园1　日　外

大猩猩：丫头，好久不来了啊。今天哪里来的雅兴啊，你的小跟班呢？

[邱欣闷不吭声，抢过他手上的球就投。]

大猩猩：怎么这么大火气，谁欺负你了？

林伟德：哈哈哈，是啊，告诉哥哥。

[邱欣狠狠地瞪了众人一眼，继续投篮。大家索性都不打了，看着邱欣的举动。邱欣投得累了，看了看站在一旁的众人，冲了过去，把头靠在大猩猩的怀里蹭了蹭。]

大猩猩：少来这套，我不好这口哦，找你的小跟班去。

[邱欣用闪闪发亮的眼神瞅着他。]

篮球馆　日　内

[众人训练结束。章荀缩在角落。]

李瑾：章荀，怎么了？有什么问题我们谈谈吧。

[季承轻拍章荀的肩膀安慰，章荀却哭了起来，一发不可收拾。]

[李瑾不知所措，笨拙地安慰。武微想看个究竟，被李瑾挥开，武微识趣地离开了。]

李瑾：这是怎么了？没什么解决不了的。我讲笑话给你听，好不好？

章荀家　夜　内

[章荀把试卷上自己错的题目演算了一遍又一遍。]

章荀父：孩子每天累成什么样，你还坚持要小荀打篮球？

章荀母：是我的错？

章荀父：我没有说是你的错。

章荀母：我希望孩子好，能在社会上有竞争力。

章荀父：听起来是没有错，但是它造成的恶劣影响你看不到吗？

章荀母：我看不到？我当了这么多年教导主任，当了这么多年妈，我会看不到现在有多大的升学压力，我们俩现在在这吵架，别人家的父母也许已经在为孩子疏通关系了，像你这样的态度，小荀只会永远输在起跑线上。

章荀父：你又来了，我说了你那么多次，起跑线在这里，那么终点在哪？你难道不知道，跑得快不代表跑得好，沿途的风景和看台上的呐喊更加重要嘛。

章荀母：不跟你一般见识。

[章荀的母亲进来，章荀把自己写的试题用笔一遍又一遍地杠掉，杠掉了又再写，写完再杠掉，一直反复。章荀母紧紧地抱住自己的女儿，章荀挣扎想要挣开母亲的钳制。章荀的母亲说什么也不放手，章荀一口咬在母亲的肩膀上，章荀母亲潸然泪下，章荀咬住一阵，在母亲的怀里颤抖起来，两人哭

成一团。]

章荀母：小荀，妈妈也很痛苦，妈妈也好害怕你现在这样，可是妈妈放不下心，妈妈好担心你的未来没有保障。小荀，你可以理解妈妈吗？

季承家　夜　内

[季承无心学习，坐在书桌前胡思乱想。画面带到手机屏幕。]

季承：小欣欣，今天我话说得有些重，你别放在心上好不好？

邱欣家　夜　内

[邱欣听到手机响了起来，看也不看一眼，躺在床上玩着篮球。]

篮球馆　日　内

[大家有说有笑地走进球馆，球馆里却已经有了人。]

[李瑾一见气氛不对，立马把众人拦在身后。]

李瑾：这里是正规高中的篮球馆，外人不得入内。

大猩猩：哎呀，不要这么正经哎，我们来帮她出气！

[武微拼命要抢话，被李瑾狠狠按在身后。]

李瑾：你怎么进来的？

大猩猩：不是你们奥成自己提倡，要做"没有围墙的校园"？（唱）"我家大门常打开，开怀容纳天地"。

李瑾：那你来干吗？

大猩猩：就是想和你们来打场球，让你们尝尝失败的滋味。

李瑾：十分抱歉，我不会允许的。

[邱欣姗姗来迟，懒懒洋洋地踏进篮球馆。]

季承：邱欣，你？

邱欣：昨天队长要赖赢了我，我不服，今天我们正式打一场，就是这样。

李瑾：我不同意！

林伟德：我说教练，你也太正经了。

武微：正经？哈哈哈，教练，有人说你正经。哈哈哈哈哈……

［李瑾瞥了武微一眼。］

李瑾：邱欣，这是你的意思？但是，只要我们赢了，你什么都得听我的！

邱欣：一言为定！

李瑾：我有三个条件，第一，我参加，要不你们几个大男人打我们一群女孩子，你们自己也打不下去吧。

林伟德：在理！在理！

王念筑：我干吗要打啊？为了个外人？

武微：你确定那个是外人？不是自己人？

王念筑：可是老大，人家都带人来了。

武微：你几时见过教练这么正经，我还真蛮期待，你打不打？嗯？

林楠：中毒太深，药石罔效。

武微：你说什么？

林楠：打！

王念筑：啊？好吧……

李瑾：第二，邱欣跟我一队，武微跟你们一队。

邱欣、武微：什么？

李瑾：你反正只是想赢武微，在哪赢不一样？要不要打，你自己决定！第三，只打两节，每节8分，不设两分、三分球，每进一球算一分。

武微：哎，又折腾我。

王念筑：哎？邱欣打小前？不是大前？

李瑾：你脑袋里在想什么？我们篮球队本来就缺人，怎么会在同一位置训练两个人，你看邱欣那身板，是打大前的料吗？

王念筑：那我白紧张了一个月。

李瑾：邱欣，以前你做过什么，打了多少比赛，我不管，但你既然参加了团队，就是我们的一分子。你今天做出来的事情，等比赛结束我再收拾你。

［比赛开始了，李瑾上篮得分。］

［邱欣面对老对手的花式篮球，依旧完全没辙，队友们开始主动上前帮她包夹防守。邱欣在底角伸手要球。林楠看了邱欣一眼，还是用假动作把球传

96

给了李瑾。李瑾得空直插篮下，上篮得分。]

邱欣一时怒火中烧：为什么不传球给我？为什么不传给我？

[李瑾按住邱欣的脑袋。]

李瑾：你给我看清楚，有你在这大喊大叫的时间，对方已经到前场了。刚刚那球，对方已经看出你的意图，在底线跑位了。林楠的传球是一个职业后卫最基本的技能，而那正是你欠缺的，篮球不是绕着你一个人在打！

[邱欣跑到前场，篮球从邱欣耳边呼啸而过。]

林楠：邱欣，球。

[邱欣猛地一个愣神，球砸在邱欣脚上，出了边线。]

季承：脚踢球！

林楠走过来拍拍邱欣：抱歉啊。

[邱欣还沉浸在自己的思绪里，季承赶忙出声提醒。]

季承：邱欣，发球了！

[邱欣猛地回神，看着场边的季承和章荀，接过球，推给了李瑾。]

[李瑾运球过了半场。]

李瑾：邱欣！

[邱欣稳稳地接了球，往前运了两下，武微的防守很快黏了上来。]

[邱欣看着武微打得酣畅淋漓的脸，愣了个神。]

武微：想什么呢？进攻！

[邱欣左右寻找传球机会，从来没有这么无措过。魏潇月上前帮邱欣挡拆，李瑾越过邱欣身边，邱欣如释重负，将球送给了李瑾。李瑾干净利落地定点跳投，不中。李瑾喊了暂停。]

李瑾：邱欣？怎么了？还能打吗？

[武微走了过来，狠狠拍了下邱欣的屁股。]

武微：想什么呢？不是要赢我吗？来啊！

王念筑：是啊，想什么呢？我们还落后呢！哪有时间想那么多？

林楠：快快快，上场了！

李瑾：大家都在拼命，我们的队伍现在在落后，你无论如何也不能拖了我们的后腿啊！

［众人围成一个圈。］

众人：1、2、3，加油！

［再次上场，邱欣忙不迭地跑位、挡拆，第一次觉得融入一个团队打球是件多么愉悦的事情，表情从凝重到释怀，慢慢绽放了美丽的笑容。］

［章荀在场边忙不迭地计分。］

林伟德：不好意思，冒昧了啊，你也知道嘛，小欣跟我们一起打球也有好几年了，突然求我们，我们也拒绝不了。

李瑾：不存在。

林伟德：小子，打得不错啊，有空再切磋切磋。

［李瑾眼中闪过精光！］

李瑾：我正好想邀请各位，担任这群姑娘的教练，帮她们磨素质。林伟德，人称"江南闪电侠"，正好教教魏潇月；你，"大猩猩"把准、狠的劲头拿来帮林楠集训一下啊。

大猩猩：不要了吧。

李瑾：邱欣，他们拒绝了。

［邱欣腾地跳了起来，又用闪闪发亮的眼睛看着大猩猩，作势又要蹦起来。］

［季承忙不迭地冲了过去，拉住了邱欣。］

大猩猩：好。

林伟德：从一开始就有被算计的感觉。

游戏机室　夜　内

［邱欣和武微在一排的篮球机面前玩得不亦乐乎。］

邱欣：赢了！

武微：不错，不要激动得太早。

［两人哈哈大笑起来，又往里面按了两枚游戏币，新的比赛再度开始。］

［章荀也在投篮机前，不停地练习。武微走过来。］

武微：动作不对，来，把手这样端好。还是不对，再张开，把球拖住，不是抓住。

［章苟无助地看着脚尖。］

武微：哎……我也不是说你，我还不是为你好。你这小孩，不知道你到底在想什么？

［章苟诧异地看着武微，一股感动油然而生，连忙跟着照做。邱欣见状，也加入了进来。］

［季承抱着手臂微笑着看了看眼前，闷头发短信。］

邱欣家　夜　内

邱欣父：有新朋友了吗？傻丫头。

［邱欣母冲着他笑了笑。］

章苟房　夜　内

［章苟破天荒地没有学习，而是不断回味着武微鼓励她的话语，十分开心。］

武微家　夜　内

［武微莫名其妙地打了好几个喷嚏。］

教室1　夜　内

邱欣：我昨晚破了你的记录哦！

季承：怎么可能，小欣欣，你不是游戏白痴吗，你多少分了？

邱欣：6.8万。小意思啦，随便玩玩的。

季承：少来，我看我看。

［邱欣顺势坐在季承的旁边，季承摸摸她的头，她没在意，季承突然却有些小别扭。］

篮球馆　日　内

武微：排队排队，你们看我今天的脸。

［众人惊呆，面面相觑。］

武微：怎么样，是开心还是不开心?

［众人一时不知如何回答。］

武微一急，忍不住喊出声来：给个声啊!

众人：不开心!

武微：开心脸!

邱欣：我看是到阴曹地府里，在死前看到的脸吧。

［众人点头。］

李瑾：好了，我宣布，我们篮球队破天荒地得到了某公司的赞助，今天会给队员们更新装备。

［众人欢呼。］

送货员：请问，这里有没有一位叫邱欣的。

邱欣：是我。

送货员：公司指定要你签收。

［邱欣看到签收单后，脸色大变。邱欣到处寻找季承的身影，却找不到。队员们开始窃窃私语。］

［李瑾见气氛不对，朝武微使了个眼色。］

武微：又皮痒了啊，训练!

［训练结束。］

［章荀一个人在加练，汗如雨下，邱欣走了之后又再度折回。］

邱欣：才女，我们逛街去吧!

章荀：不要喊我才女。

邱欣：不喊也行，那就逛街去，要不，才女才女?

章荀：我去还不行吗?

南京城　日　外

章荀：季承呢?

［邱欣挥挥手没有回答。］

章荀：邱欣，有个这么知根知底、一起长人的朋友，很不容易，如果是我……

邱欣：好啦，才女，不要提这么扫兴的事情了。

［邱欣花钱大手大脚。章荀不满。］

邱欣：怎么了？

章荀：有你这么花钱的吗？

邱欣：又不是我的钱，你要不要？最新款哎！

章荀：不要！

邱欣家　日　内

［邱欣拎着采购的东西回家。］

邱欣父：这么晚才回家？

邱欣：为什么要干涉我的生活？

邱欣父：听说你和球队的队友关系不错，我送点小礼物给你们，有什么不对？

［邱欣摔门而出。］

体育公园2　夜　外

［邱欣一个人发泄式地疯狂打球。］

［季承还是匆忙地赶了过来，安静地坐在场边。］

［邱欣见到季承也不打招呼，就是狠狠地瞪了他一眼，继续打球。］

［邱欣打累了一个人落寞地坐到季承身边，汗湿的头发贴在脸上，邱欣呢呢喃喃渐渐泣不成声。］

邱欣：季承，为什么总是要在我好不容易和大家打成一片的时候把我孤立起来，我只是想和大家一样，有这么难吗？为什么要用这种方式？我不要你们的礼物。

季承：对不起，邱欣，对不起。

邱欣：你不是什么都知道吗？你不是跟我一起长大的吗？你不是知根知

底吗？你不是很了解我吗？

季承：邱欣，怎么了？

邱欣：了解的话，为什么不知道我有多恨，我有多骄傲？为什么还要我向他们低声下气？

季承：邱欣，他们都是为你好，无论是队长还是你父母……

邱欣：不要你管！

[邱欣突然又哭又叫，把压抑的情绪全释放了出来，季承安静地拍着她的背。]

南京城　夜　外

[南京城夜景。]

篮球馆　日　内

[训练依旧。换上新装备的篮球队员们，充满了干劲。]

[邱欣蹑手蹑脚地走进场内，在场边战战兢兢地看着大家开始战术演练，生怕大家看她会不一样。]

武微：你来干吗？我们这里不欢迎你。

[李瑾无聊地打了个哈欠。]

王念筑：看，那个有钱人。

林楠：富二代，我最讨厌富二代了。

魏潇月：哎呀，有钱人也和我们一起玩啊，我好怕怕哦。

章荀：你们不要这样。

[武微一声怒喝打断了邱欣的思路。]

武微：在干什么呢？还不来训练？

[邱欣诧异地看着永远干劲十足的队长，在脑海里，武微威风凛凛地杀到，打倒了动物军团，扶起了弱小的章荀。邱欣突然傻笑起来。]

武微：有毛病吧？

邱欣：是！队长！

武微：啊？

[武微朝着李瑾眨了眨眼，李瑾在场边温柔地看着场上奔跑着的孩子们。]

李瑾：邱欣，从今天开始，你要重新开始学习基本功。你和章荀单独出来接受我的特训，这是你和章荀的训练计划！

[李瑾把两张大纸贴在篮球架下！]

李瑾：完成了一项，就在下面画钩，你们俩互相监督。

[邱欣上前看了看计划。]

邱欣：连续运球一小时？定点投进二百球？教练，你搞笑哦！我都打了七八年篮球了，你要我练基本功？

李瑾：你上次比赛答应的，只要我赢了，就什么都听我的！

邱欣：可是，赢的人是我！

李瑾：我只说，我赢的话，你赢不赢，谁管你！

武微：教练，玩物丧志，玩人丧德！

李瑾：你管我！

[李瑾像拎小鸡一样把邱欣拎到场边，开始了魔鬼训练。]

李瑾：重心放低，头抬高，眼睛看前面，肩膀放松，腿……

邱欣：可是我这样比较习惯！这样我不会运球啦！不都一样嘛！疼！我可以！

[李瑾狠狠地敲了邱欣的腿一下，指导完邱欣，看章荀演习昨天的动作，并教章荀新的动作。]

[邱欣麻木地在定点投篮，球屡屡打板，"哐哐"的弹框声，不绝于耳。]

邱欣：1、2、3、4、5……

李瑾：小欣欣（季承腔），我写的可是，定点投"进"二百球哦。

[邱欣立马奔到"计划"前，镜头给到大大的"进"字上，用红笔画出来。]

邱欣：抗议。

李瑾：朕！不准奏！

[邱欣只好回去继续投球。]

邱欣：7、8、9、10、13、17、18、22……

李瑾：从 17 开始。

和着邱欣的拍子李瑾：12、13、12、11。

邱欣：11、12，教练!

李瑾：少跟我耍手段，14，开始!

邱欣：15、16。

[邱欣汗如雨下地投篮。命中率越来越低，体力也越来越差。]

邱欣：127、127、127、127。啊——

[邱欣把手上的篮球往地上重重地一砸，朝天花板大吼了一声。]

李瑾：需要帮忙吗?

邱欣：不需要!

[邱欣说完，拿起篮球，边投边说。]

邱欣：教练是猪! 教练是鼠! 教练是牛! 教练是牛!

[李瑾笑着摇头。]

邱欣：教练是鸡! 教练是鸡! 教练是狗! Yes! 好，投到 150 休息。

[邱欣"哐哐哐哐"的打板声。]

季承：150! 休息休息。

[邱欣大口大口地喘气，汗水滴在地上，她用脚抹了抹，边喝水边凑到章荀旁边。]

邱欣：才女你今天找到方法啦，练得有板有眼的。

章荀：也不是啦，昨天受到队长的鼓舞……

邱欣：停停停，你受得了那个老太?

章荀：队长人挺好的，她昨天跟我说了十分钟的话，我回家用了一个多小时思考，从概率学的角度来说……

邱欣：才女，你要是还想让我教你，就闭嘴吧。来来来，陪你练一会儿!

[邱欣陪着章荀练了一会儿，又回到自己的投篮位上。一天的训练结束。邱欣满意地看着才女在自己的计划下画钩。]

邱欣：才女，走啦! 老奴骨头都要散了。

章荀：嗯，我想多练习一会儿。

邱欣：你快练成人干了，还练?

［季承匆匆赶来，从包里掏出一沓报纸，报纸上醒目的标题写着：××公司成为南京青奥会首个赞助商。］

邱欣：真的假的？不可能吧？

［季承神秘地点了点头。］

章荀：报纸上是什么啊？看你们说得那么开心。

邱欣：也没，没什么啦，就是青奥会要在南京办了！

［章荀将信将疑。］

章荀：不是早就定了？

季承：所以说是老新闻，没什么看的了！我给弄混了，小欣欣嘲笑我呢！

邱欣：是啦是啦，丢人死了！

章荀：是吗？

［章荀有些失落，但邱欣没有在意。］

邱欣：都怪你！请客吃饭！

季承：好好好，还不是你说什么就是什么嘛！

邱欣：走走走！别练了，公公难得出趟宫，拿官饷请吃饭喽！走起！

邱欣：小荀，你去不去啊？难得一次，你就别管……

章荀：嗯。

邱欣：啊？

章荀：我去啊，怎么了？

邱欣：走起！走起！才女啊，我就说你太瘦了，细胳膊细腿的，平时一定吃得不好，这样怎么有体力在场上和人家搏斗呢！就是要多吃点。

［邱欣搂着章荀出了篮球馆，季承跟在身后。］

章荀家　　夜　　内

章荀：爸爸妈妈，我回来了。妈妈，我以后每天一定准时吃饭，你要做好我的监督！还要补充高蛋白，鱼和牛肉都是不错的选择。

章荀父：好啊。孩子妈的手艺受到了巨大的挑战哦！

章荀母：怎么这么晚回来？

章荀：和朋友一起吃饭来着。

105

章荀父：篮球队的？

章荀：嗯……

章荀母：妈妈让你去打篮球，也不反对你结交朋友，但不是为了让你和他们一起疯，你什么时候这么晚回来过？

章荀：我觉得他们都很不错。

章荀母：不错？你这些朋友，学习成绩一个个在学校数一数二，知道数的是什么吗？倒数第一，倒数第二。

［章荀父在一边拉着章荀母。］

章荀父：爸爸觉得有朋友一起玩没什么错，是吧？

章荀母：你看看你现在的成绩，你上次月考，在你们班排第几？你倒是说给我听听啊，你懂这意味着什么？你从小学六年级开始，哪一样不是我严格要求，你才出的成绩？你看看你现在，只要我一放松，你成绩立马就下去了……

［章荀沉默地面对母亲的斥责。章荀父连忙把章荀推进房间。］

章荀父：爸爸觉得不错，今天累了就别学习了。

［章荀却赌气学习了一夜。她学习累了，就拿起篮球练习动作，练习一会儿，继续学习，直到天明。］

章荀家　日　内

［章荀父亲发现累倒在书桌上的章荀浑身发烫，抱起她去医院。］

门诊病区　日　内

［章荀的母亲给章荀安排好挂水的位置。］

［章荀母亲瞒着父女俩挂了个精神科的专家号。］

门诊病区　日　内

［章荀挂完水，身体恢复了一些。］

章荀母：小荀，还有个医生，听说很不错，我们去看看吧。

［章荀母架着章荀来到精神科的楼层。］

章荀：妈，你要带我看什么？

章荀母：没什么，就这一个医生是我老朋友。

章荀：妈，我不去！

[章荀的眼泪在眼睛里不停地打转。]

章荀父：为什么要带小荀看这个科室？小荀只是发烧而已，不用看别的。

章荀母：小荀，算妈妈求你了，有病就得治，去看一下，就看一下。

章荀：妈，我也求你……

[章荀母看到章荀那已经沿着脸颊落下的眼泪，还是放弃了。]

章荀母：走吧。

[章荀母亲顺手把挂号单揉成一团扔进垃圾桶。]

篮球馆　日　内

[林伟德等人依约来给众人一对一辅导，邱欣在场上前突后抢，整个场地上都是她飞奔的身影。邱欣面对林伟德的防守，稳稳地运球，突然变速，摆脱了林伟德，林伟德习惯性地偷邱欣的球，却一无所获，原来球已经被邱欣不经意地过渡到左手……]

[训练结束，邱欣在林伟德等人的簇拥下，恣意欢笑，在汗水中扬起的笑脸，异常清丽。]

更衣室　日　内

[邱欣拿起手机，给章荀发短信。]

王念筑：你装没装"来火的麻雀子"啊？

邱欣：啊？

王念筑：愤怒的小鸟。

邱欣：哦，哈哈哈哈，你到第几关了？

王念筑：我没怎么玩，都是下课拿着别人手机玩的，断断续续。

邱欣：我就不信你上课没玩。

王念筑：哎，我可不敢玩。

邱欣：没事，我们一起回家，我给你玩个够，走吧。

王念筑：我原来对你很不友善，对不起。

邱欣：啊？少来，有这个时间，又能刷个三星了。

［邱欣搂着王念筑出了门。］

南京　夜　外

［季承一个人在南京的小店里流连，帮邱欣挑选礼物。］

章荀家　夜　内

［章荀母坐在章荀床边。］

章荀母：小荀，起来吃药了。

［章荀乖顺地吃完药，背对母亲躺了下去。］

章荀母：小荀，原谅妈妈好不好？妈妈也是为你好。

［章荀沉默。章荀母离开了房间。］

［章荀的侧脸已经泪流满面。］

教室2　日　内

［邱欣第一次到尖子班，心情有些忐忑，脚步慢慢放慢。］

［邱欣在心里幻想了一套尖子班该有的情景：尖子班的气氛压抑，人人都埋头苦学，抬头一片眼镜。］

［尖子班没有想象中恐怖。］

坐在门口的人：找谁？

［邱欣猛然一惊。］

邱欣：章，章荀。

坐在门口的人：她今天请假，没来上学。

［坐在门口的人说完就继续和后面的女生聊天了。］

邱欣：哦，谢谢。

［邱欣边走边翻看自己的手机，全是打给章荀的未接电话，还有发给章荀的未回短信。］

篮球馆　日　内

邱欣：章荀还是没有来吗？

武微：没，缺席了好几天了，叫人怪担心的。

［没有了章荀陪在身边，邱欣的训练异常枯燥，她的状态越来越差，怎么投都投不进，汗水越流越多，命中率越来越低。］

李瑾：重复同一个技术动作达到一定时间，会遇到瓶颈期，这个时期，哪怕一点点小小的环境改变都会让自己跌到谷底。

［邱欣狐疑地看着李瑾。］

李瑾：我看我们家小欣欣，遇到瓶颈期了。

邱欣：怎么办呢？

李瑾：瓶颈期看似可怕，其实定型就好了，但是你——

［李瑾传球给邱欣，邱欣顺势要投。］

李瑾：这胳膊和角度完全不对。

［邱欣定下来，调整自己的动作，但酸胀的肌肉完全不听指挥。李瑾毫不客气地把她的胳膊抬到必要的位置。］

邱欣：哎哟，酸。

［李瑾完全不理会邱欣。］

李瑾：就是这样，不要跳，投出去！

［球没有入网。］

李瑾：来，再来一球，摆好！投出去！

［李瑾再帮邱欣调整好姿势，球应声入网。］

李瑾：注意，跳投，其实并不一定要跳起，要让身体有个动势，能将全身力量集中到指尖就可以了。再试试。

［邱欣又投出一球。力度不太大，球不到篮筐。］

李瑾：腿部发力！

［邱欣这球进了。］

李瑾：就是这样，轻松吧？

邱欣：那你怎么不早说。

李瑾：谁叫你不问？

［训练结束，邱欣瘫在地上完全不愿意起来。］

邱欣：队长，你也被教练"蹂躏"过，对吧？

武微：别提了，一提都是眼泪。

［邱欣偷笑着。］

南京城　日　外

邱欣：我知道你准备给我过生日。

季承：果然什么都瞒不住你。过生日吧！

邱欣：不了，家里那两个肯定忘记了，算了吧。不想反而不气，越想就只会越气！

季承：那怎么行！怎么说这也是我家小欣欣上高中的第一个生日。

邱欣：没的差！

季承：不管怎么样，一定要过！一定要过！

［引来周围人的侧目……］

邱欣：好好好，随便你！

［季承拖着邱欣往家里飞奔。］

邱欣家　日　内

［邱欣打开家门，家里为她准备了隆重的生日宴会。］

［邱欣不是不感动，鼻子有些红红的，但仍有些不能适应，扭捏着不愿意进门。］

［季承推邱欣进门，一家人难得坐在一桌吃饭。气氛安静，听得到餐具和碗碰撞的声音。］

邱欣父：今年，我们家邱欣就十六岁了。我这里有一份生日礼物要送给你。

［邱欣父拿出他准备已久的生日礼物：一张五十万的支票。］

邱欣父：这是支付你去美国深造篮球技术的第一笔经费，后续的费用会陆续汇到你在美国开的账户里面。

季承：叔叔，你在干什么？

[邱欣猛地站了起来。]

邱欣：我现在还没成年，你就这么迫不及待地要把我赶出这个家？反正我也没把这里当过家，要走就走，不需要你赶我走，我还没那么卑贱！

邱欣母：小欣……

[邱欣头也不回地离开了家。]

[季承连忙追了出去。]

[家里剩下僵在当场的邱欣父母。]

体育公园 2　夜　外

[邱欣在街上闲晃了一阵，在夜晚空寂的篮球场外驻足，靠在篮球架下面开始打电话。季承一直站在邱欣身边，邱欣自始至终没有理会过他。]

邱欣：队长，是，我错了，我应该早点说的！好，那就拜托队长通知大家了，地点我确定了告诉队长。

邱欣又掏出手机给章荀发了信息：才女，今天是我生日，可以出来和我一起过吗？拜托啦，一年就这一次的生日。

[发完短信，邱欣叹了口气，开始挪动身体离开球场。]

KTV　夜　外

[众人落座，一群女孩在一起，你一首我一曲玩得很尽兴，还有人窝在一起玩着游戏。邱欣玩得最 high，拿着话筒又唱又跳，让众人大开眼界。]

武微：看不出来。

林楠：正儿八经话。

武微：到我了！到我了！

[武微队长杀猪级别的嗓音伴着《蓝色生死恋》这样忧伤的语调冒了出来。]

林楠：队长到底多大啊？

魏潇月：出土文物级的，我们应该有代沟吧。

武微：给你个机会，帮我掸土，来啊！

魏潇月：队长姐姐，我错了。

武微：特赦！那你们都唱什么歌？

王念筑：这个啊！

[几个女孩抱着话筒唱着周杰伦的歌。]

季承：唱得不错哦。

邱欣：哼，比我差远了。

季承：嘿嘿，生日快乐。

[邱欣捧着礼物不知道说什么，轻轻拥抱了一下季承。]

[章荀脸色苍白地出现，邱欣连忙把章荀迎进来。]

邱欣：才女，怎么都不联系我，问教练他也不说，你脸色怎么这么差，到底怎么了？

章荀：感冒而已。

邱欣：就只是感冒吗？

章荀：嗯，倒是你，又不知节制，我刚刚进来看了价格……

邱欣：才女，拜托你了，就这一次嘛，好不好？过生日的人最大，来来来，我帮你点歌。

章荀：我不会唱。

邱欣：少来！《小毛驴》你总会唱吧，我有一只小毛驴……

章荀：邱欣，你不要闹了。

[两个女孩心里都有自己的矛盾和问题，偶尔露出的落寞表情与 KTV 喧闹的气氛形成了极大的反差。]

南京城　夜　外

[邱欣、章荀慢慢悠悠地走在回家的路上。]

邱欣：才女，你什么时候回来啊？没有你，我一个人训练好枯燥啊。

章荀：很快的。

邱欣：才女，说实话，你到底喜不喜欢打篮球？

章荀：一定要说实话吗？

邱欣：废话。

章荀：我可以说不喜欢，一点也不喜欢。

[邱欣认真听着章荀的絮絮叨叨。]

章荀：我觉得篮筐好高，我根本无法企及，我觉得篮球好圆，我根本无法控制，我觉得队长她们动作好快，我根本无法完成，我觉得篮球好糟糕，我这样说你会信吗？

邱欣：会。

章荀：我经常会想，有多大的概率篮球这项运动会不存在。我认真地想了很久，也许在任何时刻，出了一点点差错，我就会不存在，但是篮球，总是会被人发明出来，然后慢慢演变成现在这个样子。突然就觉得自己好渺小，连个篮球都操纵不了。

邱欣：才女的世界果然和我不一样，你不去研究篮球的历史真可惜。

章荀：哎，就算做研究，我也不会研究篮球的历史的。

邱欣：哈哈哈，才女，那为什么不放弃，在你彻底害怕篮球之前？

章荀：我不能放弃，我不能输。

邱欣：篮球是团队的运动，一个人的强大也无法代表团队的强大，这么说的话，那什么是赢？

章荀：我跟你们不一样，你们都有很好的基础，可以谈团队的问题，可是我没有，所以我必须先跟你们一样。

邱欣：可是我们都打了好几年球了。

章荀：所以，我要更努力，才能赶上你们。

邱欣：才女，不是这样的。篮球对于我，是赶走寂寞的道具，是我不可或缺的寄托，所以我爱篮球。看到自己进球，感受到突破成功，我会沾沾自喜，所以我爱篮球。可是，才女，我无法想象你建立在不热爱的基础上，是如何坚持下来的。

章荀：好了，你不要尝试说服我了，这个也许就是我的技能呢！

邱欣：我是说不过你的。

[季承坐在出租车里，拼命向她们挥手。]

章荀：那就不说了，车来了，赶快走吧。

慈善机构　日　外

［邱欣从大门出来，夸张地长出了口气，轻松地离开了。］

篮球馆　日　内

［一天的训练结束了，邱欣自觉反复三步上篮的动作。］

武微：单挑吗？

邱欣：啊？队长，你确定？

武微：不要啰啰唆唆的，来不来？

邱欣：好！

［邱欣铆足了劲和武微打了几个回合。］

武微：还是这么好胜！

邱欣：队长，好胜心是球员进步的动力。

武微：是是是，你有你的道理！来继续！

邱欣：队长，为什么要找我单挑？这不像你。

武微：呵呵，我要说为了帮你宣泄你的大篮球主义，你会不会信？

邱欣：队长……

武微：别跟我整那套哦，一哭二闹三上吊我最恶心了。

邱欣：我是想说，队长，有你在，教练真的好舒服。

武微：别跟我提他！几天不见人，还带不带队伍了，马上就是对抗赛了！

邱欣：我也想找他，问问章荀的事，昨天才女小姐的状态我实在担心，今天她又没来训练，我以为……

［武微看着邱欣。］

邱欣：队长，怎么了？

武微：你确定我眼前这个老太是邱欣？

邱欣：应该是吧。

邱欣家、章荀家　夜　内

［两个女孩在房间里发呆。］

114

［门外站着想进门又不敢进的父亲。］

南京城　日　外

［邱欣上学路过报亭，又连忙退了回来，刚巧看到报纸的头版头条，报道一个"奥成小王子"向江苏省慈善总会一次性捐款五十万元。邱欣买了份报纸边走边看。］

奥成高中　日　内

［大家都在讨论那个"奥成小王子"是谁，邱欣雄赳赳气昂昂地走过人群。］

教室1　日　内

［邱欣一坐下来，季承就趴过来。］

季承："奥成小王子"，就是你吧。

邱欣：不是"吧"，你用的是陈述句哎。

季承：人和物都吻合，很好猜。

邱欣：今天我开心，不要提他！

季承：我只是担心会出乱子。

教室2　日　内

邱欣：我找章荀。

［章荀从教室里走出来，疲惫的面容看到邱欣之后绽开了笑容。］

章荀：怎么了？

邱欣：哎，你知道谁是"奥成小王子"吗？

章荀：不知道，今天班里一直在说这个事呢。

［邱欣暗喜了一阵。］

章荀：不要告诉我，"奥成小王子"就是你哦？

邱欣：嘘！一定要帮我保密哦，这个事情绝对不能声张！

章荀：好，可是你哪来这么多钱啊？

邱欣：是这样的……

[两个朋友笑闹了一阵。]

章荀：我觉得这样不好……

邱欣：才女，篮球队马上就要打一年一度的校级对抗赛了，你赶快回来吧。

[章荀没有回答。上课铃响，邱欣匆匆回教室。]

[邱欣走后，章荀收起了笑容，疲惫地走回教室。]

章荀：邱欣，再让我逃避几天，不好吗？

篮球馆　日　内

武微：今年的比赛，还是老规矩，不容有失，我可不想我们这一代输在我手上！

邱欣：是！

[邱欣喊得特别响亮。]

武微：别给我笑得跟朵花似的，我们今天开始磨合队伍的训练，先跑起来……

[队友们也慢慢适应了邱欣颇有创造力的打法。气氛越来越热烈。]

章荀家　夜　内

李瑾：主任，我还是坚持，希望章荀可以归队，她无论有什么问题，都是我们篮球队的一分子。

章荀父：李老师，你这话我不喜欢听，我们家难道就不是家庭了吗？

李瑾：我不是这个意思。

章荀母：这不是我能决定的，是她自己不愿意回去，我也没有办法。

[章荀房间内，抓着笔的章荀狠狠捏着笔头，手指上是晕染一片的钢笔水。]

篮球馆　日　内

[邱欣已经很好地融入了团队，和队友们演练起阵型、战术来。]

［训练告一段落，邱欣自觉地练起基本功，武微来指导她的动作。］

邱欣：队长，你说教练是不是知情不报？

武微：我想教练不说，一定是有他的原因的，我尊重他。

［李瑾领着章苟回到篮球队，章苟一直黏在李瑾身边。］

李瑾：好了，章苟前段时间身体不好，现在康复了。

体育教研室　日　内

李瑾：怎么还不回家？

邱欣：教练，今天你无论如何也要告诉我章苟到底怎么了！

李瑾：不是说了是感冒吗！

邱欣：不可能，我跟章苟相处了这么久！她一定有事情瞒着我！

［李瑾拗不过邱欣的执着，说出了实情。］

体育教研室　日　内

章苟母：李瑾老师，是吗？我是这个学校的教导主任，王老师。

李瑾：我知道。

章苟母：但是，我也是一个孩子的母亲。我的孩子有轻微的强迫症的症状。我原来也是篮球队的，体育锻炼有放松紧绷的神经的作用，但是这个孩子没有运动天赋，所以我希望你可以多照顾她，这是我作为一个母亲的请求。

　［李瑾点头承诺。］

体育教研室　夜　内

李瑾：你怎么看？

邱欣：才女一直不对头，努力得不像话，又不见她有多热爱篮球。

李瑾：嗯，她的努力完全是出于对自我的要求，而不是自我的快乐。

邱欣：教练，那你觉得要怎么办？

李瑾：这东西只能慢慢疏导，急不来。我们一起努力努力，我不想放弃这孩子。

　邱欣：这个口气，不像教练。

李瑾：行了，回家吧。

篮球馆　日　内

李瑾：近期有人来选拔青奥国家青年队江苏省队的预备队员。

林楠、魏潇月、王念筑：真的假的？国青队？

李瑾：只是省队，别昏了头！希望大家务必要有东道主意识，不断提高，比出精神，比出水平。

全体：好！

邱欣：青奥会哎，好想！好想参加啊！

章荀：你可以的，我，应该不太可能……

[邱欣担心自己说错话，刺激到章荀。]

邱欣：能不能参加还不知道呢！从今天开始，咱们要更加努力了哦！

章荀：你马上就要打比赛了，可不要因为我耽误了比赛进程。

邱欣：好！

篮球馆　日　内

[友谊赛前一天。]

李瑾：明天就是正式比赛了，大家早点回家休息！

武微：邱欣，你留一下！我最后再帮你强化一下防守。

邱欣：好。

[在篮球馆内，只能听到篮球的声音和武微的吆喝声。]

[空荡的篮球馆，只有一个篮球静静地躺在木纹地板上。]

章荀家、邱欣家　日　内

[邱欣显然很兴奋，不停地发短信。她在发短信的间隙摆弄篮球。]

[章荀不厌其烦地放下笔，回短信，再放下，再回短信。]

篮球馆　日　内

[李瑾在最后叮嘱技术、战术的要点。]

武微：好，准备上场了！1、2、3……

众人：加油！

篮球馆　　日　内

记者：轰动南京城的自称是"奥成小王子"的神秘捐款人被热情的网友挖了出来。当事人正在这个篮球馆内进行校际篮球比赛，记者将从现场发回报道……

篮球馆　　日　内

[奥成高中，配合流畅，进攻犀利，很快占据了场上的主动权。邱欣用花式篮球的动作突破了对方的防守，一气呵成上篮得分，得意地朝场边观战的林伟德比了个"Yeah"的手势。]

[邱欣很快落位，摆开了防守的架势。]

[记者涌了进来。]

记者：根据知情人士透露，"奥成小王子"就是场上奥成篮球队的7号，名字叫邱欣。网络热议，这到底是蓄意炒作，还是真正的慈善？

[场上的比赛被突然闯进来的人打断了，裁判吹响了紧急暂停的哨音。记者们蜂拥到奥成的休息区，将邱欣团团围住。]

记者：请问，你是"奥成小王子"吗？

[邱欣想强行突围，但被记者围在中间。李瑾护住邱欣，把她护在了身后。季承连忙掏手机打电话。]

李瑾：这里是比赛场地，我身后是个普通高中生。

裁判：请不要因为私人原因，干扰比赛。

[章荀母匆匆从看台上挤了进来。]

章荀母：我是奥成高中的教导主任，一切问题由我解决。

[章荀母向李瑾点头示意，李瑾护着邱欣往场外走。]

李瑾：队长，场上拜托给你一会儿。各位记者朋友，我们到外面说，这里还有比赛要进行。

[李瑾和章荀母拖着邱欣往外走，邱欣一路沉默。]

武微：我要冷静，不需要你给我解释。

林楠：队长怎么了？

李瑾：是彻底气疯了。

武微：章荀，你上场顶一阵子。

王念筑：小荀现在的技术没办法支持对抗。

章荀：队长，我不行！

武微：只有你！必须上！赶快热身！章荀，你记住，你要做的，就是跑，其他什么都不要做，只要跑就可以了，知道吗？要跑到邱欣回来！我们都相信她，是不是？

馆外　日　外

章荀母：十分抱歉，这件事我们奥成高中并不知情，但我们会调查，给各位一个交代。

［记者这才陆续离去。］

篮球馆　日　内

［奥成高中在武微的穿针引线下，利用四人的配合，组织了几次不错的进攻，章荀跟着队伍的节奏进行攻防转换，奋力在场上奔跑。］

［但是很快，N校就发现章荀是个没什么篮球技术的门外汉，进攻主攻章荀。］

［武微几次补位都来不及。进攻时，N校几乎放弃防守章荀，而多派一个人包夹武微。奥成高中进攻一下子乱了套。］

［武微又一次被包夹住。］

武微：章荀，别发呆，接球！

章荀：啊？哦，好好。

［武微的球狠狠地砸在章荀手上，章荀趔趄了一步。］

武微：传球！传球！左边！

章荀：哦，传球，对！传球！

［裁判又一声哨响。］

裁判：带球走步。

［观众席爆发了激烈的笑声。］

观众 A：我就说奥成高中老一批的走了之后，青黄不接，人又不齐，这一届队长带不动队伍的！

观众 B：我看差太多了！亏我还年年回母校来看比赛，真失望！

武微：不要管别人，你做你自己该做的，就可以了。

章苟：……

武微：章苟，听到了吗？

章苟：要怎么做？怎么做？拿到球之后，运一次球……

武微：章苟，落位了，快！跟上。

章苟：……

［章苟防不住 N 校的进攻队员，进攻方很快突破了章苟的防守。］

［武微早料到，很快补位，但防守武微的人上前一个挡拆，进攻队员很快过了武微，轻松得分。］

武微：没关系，没关系，打好下一球。

章苟：队长，求你！我不行……

武微：章苟，现在让你下场，我们没有可以上场的球员，那我们就没有抵抗的人，那我们就会输。你看看王念筑、林楠、魏潇月，她们也打得很辛苦，但是她们都没有放弃，她们都在等邱欣回来。而我，我相信李瑾，一如三年前相信他一样，所以，也请你相信教练，相信邱欣，相信我，相信队友们，务必撑下去！

［邱欣跑进场内。李瑾和季承跟在身后。邱欣看到场上的比分已经指向 38 比 15 了，还看到场上章苟涣散的眼神，她的眼眶瞬间就红了。］

［武微见到邱欣，直接将对方的球捅出了场外。比赛暂停。］

［邱欣冲进场内，将场上几乎崩溃的章苟架了下来。］

邱欣：对不起，对不起，才女，都是我的错！

章苟：还好，你终于来了！队长，对不起……

武微：你做得很好，我代表球队谢谢你，剩下的交给我们。

邱欣：队长，我愿意承担一切后果。

武微：那是后话，现在比赛要紧。来，上场了！1、2、3……

众人：加油！

李瑾：辛苦了，我的队长，小苟交给我。

武微：嗯，我帮你把胜利带回来！

邱欣父：小欣，这是我第一次看你打比赛，一定要加油！

邱欣：嗯。

[比赛中，邱欣使尽浑身解数帮助队友得分，绝不贪功。]

[奥成高中开始追分，比分直线上升，但上半场落后太多了。]

[场边，李瑾把章苟的头轻轻靠在自己的肩膀上。]

李瑾：我们章苟真勇敢，最厉害了，来跟我一起看，自己的队友是怎么赢得比赛的，和她们一起开心好不好？

季承：是啊，你看，队长又进球了。哦哦哦哦，小欣欣，妙传，小欣欣的妙传！

[章苟始终低着头。]

[最后一球，最后二十秒，邱欣控球，武微上前挡拆，邱欣突入禁区，伪装要上篮，在空间将球从背后塞给武微，武微运了一下球，对方球员已经补位。邱欣快速溜到底角附近，武微眼尖，将球传给林楠，林楠直接将球传给邱欣，邱欣接球，稳稳地起跳、投篮，伴随着哨音，篮球空心入筐，奥成高中凭借邱欣的压哨险胜。]

[全场欢呼了起来！]

[而伴随着欢呼，瘫在地上喘气的是邱欣。一句话不说，走回休息区的是武微。冲进场内，抱着邱欣欢呼的是季承。]

休息室　日　内

[赛后，大家都沉默。]

武微：我从来没有这么失望过，我从来没有这么混乱过，我从来没有打过这样的比赛。这都是因为你，因为你，因为你！我为什么要相信你？为什么还要把你留在篮球队，还要为你担心，还要管你是死是活，有的没的？我武微人生最大、最大的失误，就是你，就是相信你！

［武微近乎疯狂地骂，骂完后生气地走了，队友们拍拍邱欣的肩膀，也一一离去。］

季承：小欣欣，队长说的都是气话，你别放在心上。

邱欣：队长说的是实话。大家都对我那么好，我却……

季承：大家都不会怪你的，等大家冷静下来，再打电话给大家道个歉吧。

邱欣家门外　夜　外

季承：队长还是不愿意接你的电话吗？

邱欣：嗯。

季承：大概真的是气疯了。不要急，慢慢来吧。我们先回家吧。

［季承送邱欣回家。］

邱欣家　夜　内

邱欣：爸，我回来了。

邱欣父：你有什么解释吗？

邱欣：我没想到会被找到。

邱欣父：你没想到的事情多了！你一开始怎么没想到不要做这个事？怎么没想到会带来的后果？

［邱欣沉默了。］

体育公园1　夜　内

［滑轮滑摔倒的小朋友想要爸爸扶，爸爸要求他自己站起来。］

［打完球的少年，走到场边，自己拿起毛巾擦汗，喝水。］

［邱欣坐在一边，静静地看着，眼泪横流。］

武微家门外　夜　外

季承：我不是来为邱欣说情的，但我希望你能了解实情。

武微：好，你说。

［两人在门口说话的镜头。］

武微：我就知道，我没有信错这个丫头。老实说，我一直后悔自己早上话说得太重，想找个台阶给自己下。

季承：如果邱欣的想法像你这样单纯就好了！

武微：你的意思是姐姐我蠢？

季承：不，队长，我是真心喜欢你的性格。

武微：我不吃拍马屁这套，狗腿子我见得多了。季承，你是不是太保护邱欣了？保护她到，不用自己思考的程度，不会担心后果，那她自然无法自己成长。

季承：队长，我是知道的。无论我从前能做到什么程度，我保证，这是最后一次了。

武微：现在的年轻人啊。

季承：好了，队长，谢谢你，我走了。

［季承鞠躬离开武微家，武微内心有隐约的不安。］

章荀家　夜　内

［从下场后就一直恍惚的章荀，将自己窝在房间里，封闭在自己的空间中。她眼神空洞，谁跟她说话都不理睬。］

章荀母：李老师，谢谢你，你可以走了。

李瑾：可是——

章荀父：小荀？小荀？小荀？和爸爸说说话，好不好？

章荀母：小荀，看看妈妈好不好？

李瑾：对不起。

章荀父：与你无关。

章荀母：李老师，你可以走了。

章荀父：你这样对人家老师，是什么态度？跟他有什么关系？跟人家教练有什么关系？你一直在怪别人，你从来不觉得自己有错！

章荀母：我有什么错？小荀从小到大，哪件事情不是我亲自操持帮她做好规划的？小荀在哪里不是顺风顺水的？

章荀父：小荀长大都是你的功劳！那小荀自己的努力呢？你有没有考虑

过小苟是不是想按你的要求生活？你都不觉得就是你把小苟逼成这样的吗？

[章苟的眼角有眼泪滑落。她对他们的话置若罔闻。]

章苟母：你现在怪我？难道你不是这样的？

章苟父：所以，我在小苟小时候就不管了，我现在好后悔，在发现小苟有病之后，我更后悔。

章苟母：小苟也是我的女儿，我难道就不疼她？不爱她了？我哪件事不是为她好？

章苟父：你的女儿，你的女儿，你的女儿活着只是为了满足你自己的虚荣心和满足感吗？成绩要好，什么都要出色，就因为她是你女儿，就要这么辛苦地生活吗？

李瑾：我说……

章苟母：我要求小苟上进有什么错？

章苟父：错了，从一开始就错了……

[章苟目光呆滞，任屋外吵成什么样，眼中再兴不起任何波澜。]

体育公园1　夜　外

[人潮渐渐散去，邱欣拿出手机拨章苟的电话，章苟始终不接。]

[邱欣起身回家。]

邱欣家　夜　内

[邱欣回家，只有母亲在门外等。]

[两人无话，邱欣回到房间。]

教室1　日　内

[季承开始疏远邱欣，下课季承身边始终围着一群女生。上课，季承也不回邱欣传过来的纸条。]

篮球馆　日　内

武微：邱欣，严重违反纪律，造成恶劣影响，打扫球馆三星期。

邱欣：是！我接受！谢谢队长！

［训练中，邱欣开始发呆，常常看着季承经常站着给她加油的地方，失误次数增加。］

林楠：邱欣，在干吗呢？

魏潇月：今天很不在状态哦。

林楠：估计想到要打扫球馆，彻底呆掉了吧。

林楠：放心啦，我们会偷偷帮你打扫的，不过要等女魔王走了哦。

邱欣：哈哈，小心被听见！

武微：我听见了！

［三人作鸟兽状散去。］

［训练结束。］

武微：别耍小心思！

［林楠和魏潇月无奈地向邱欣摇摇手，邱欣回了她们一个灿烂的微笑。］

［邱欣一个人拖地，武微拿了拖把加入。］

邱欣：队长……

武微：闭嘴！你知道章荀今天为什么没有来？

邱欣：我不知道，我昨天自己都折腾了半天。

武微：问李瑾又是那张死脸，就知道他有事瞒着我！

邱欣：我还蛮担心的，我今天发了一整天短信给她，她都不回！

武微：明天我们去她家看看吧。

邱欣：赞成！

章荀家　日　内

［众人在劝章荀，章荀家乌烟瘴气，章荀就在自己的世界里。］

［武微和邱欣训练完赶来，章荀看到人越来越多，更加抑郁。尤其是见到武微和邱欣，她转过身，不愿面对她们。］

李瑾：不要再吵了，给章荀一点安静的空间好不好？

武微：这是怎么回事？

邱欣：都是我害的！我到底做了什么？

［章荀的房间纷乱无比，只有章荀在的那个地方是个安静的角落。］

武微：小荀，我是队长，跟我说句话，好不好？

李瑾：没用的，我们跟她说了一天话了。

邱欣：都是我的错，都是我的错！

李瑾：好了，我不想再看到一个章荀！

武微：教练，你说什么？

李瑾：对不起，我压力太大了。

邱欣：章荀，我搞不懂你在干吗？你根本就不是打篮球的料，你是在自责吗，还是在心里嘲笑自己没用？你到底在要求自己做到什么程度？还是在强迫自己成为下一个我，还是下一个武微？你是章荀，你就是章荀，不是篮球高手章荀，也不是队长章荀，你甚至可以不是好学生章荀，你只要是章荀就可以了！不会打篮球就是不会打篮球，考试没考好就是没考好，没什么朋友就是没什么朋友。

［章荀慢慢扭过头看邱欣。］

［众人拉邱欣。］

武微：邱欣，你可以闭嘴了！

李瑾：邱欣，不要说了！

章荀母：不要说了，你会刺激到小荀的，不要说了。

章荀父：让她试试。

邱欣：你们觉得你们爱章荀？你们觉得你们在为章荀着想？你们根本没有给章荀任何自由，她是多么不快乐，你们都不知道吗？我刚认识她的时候，她都没有笑过。直到我去她的教室找她，她第一次对我笑得那么自然！我珍惜她这个笑容。都是我的错，是我的任性，是我毁了我想珍惜的朋友。

［突然，章荀哭出了声，然后一发不可收。邱欣一时愣住了。］

章荀：是我自己没用，我成绩下滑，我对不起妈妈，我连篮球都打不好，我对不起队长，都是因为我，才会让奥成落后那么多，我也对不起教练，教练那么照顾我，我就只会依赖他，还有邱欣，我熬不到你来，我熬不到你来，我熬不到你来……

章荀父：小荀，是爸爸的错，是爸爸对你要求太多。爸爸也年轻过，爸爸年轻的时候，也讨厌父母的管教，做过很多荒唐的事情，但是现在回过头看，这些荒唐的事情都是爸爸最宝贵的回忆。所以，爸爸没有权利剥夺小荀美好的回忆，你说是不是？

[章荀父抱住章荀小小的身体，但明显是对着章荀母说的。]

章荀母：小荀，妈妈真的对不起你。

[一家人抱团哭。]

章荀家外　夜　外

李瑾：对不起，我们没有照顾好章荀。

武微：真的对不起。

章荀父：谢谢你们，愿意这样帮小荀，特别是你，真的谢谢你！

邱欣：哎呀，这是我应该做的，我只是说我想说的话罢了。

[但邱欣眉眼间的愁容大家都看得到。章荀父送走三人。]

篮球馆　日　内

[训练依旧。]

[邱欣发呆的次数明显增加。]

[训练结束。]

武微：走，去看章荀吧。

邱欣：好！

章荀家　日　内

[章荀在父母的照顾下恢复得很快。当邱欣在章荀家看到季承的鞋时，立马退缩了。]

邱欣：队长，明天吧，明天再来，或者你先进去。

[武微不理会邱欣，径直往里走。]

武微：小荀好多了。

章荀：嗯。

章荀：别躲了，是我喊季承来的。

邱欣：队长，我先去趟厕所哦。

武微：你准备躲多久？

邱欣：可是，明明是他先躲着我的。

武微：小荀，你都不知道，我这个队长现在是当不动了，这两个人……

［武微学起了季承扭扭捏捏的表情，正在喝水的章荀呛了一口水。邱欣看到，还是进了章荀房间，递了面巾纸给她。］

季承：才女啊！你要再这么柔弱下去，都快成林妹妹了！不过我喜欢！要不，我可不管我家小欣欣，要缠着你了，好不好？

邱欣：我看你是皮痒了！

季承：你看，我家小欣欣，现在跟队长大妈一样，怎么得了！

武微：我看你们俩都皮痒！

季承：话可不是这么说，用王熙凤的话呀，怎么说来着。

章荀（小声）：可仔细了你的皮。

季承：听到没，可仔细了你的皮，可仔细了你的皮！

［季承作势在邱欣和武微身上掐掐捏捏。］

章荀：哈哈哈哈。

章荀家外　日　外

［季承一个人走在前面。］

武微：我还是那句话，如果我有这么一个一起长大的朋友，我一定会用我全部的真心去珍惜他。

邱欣：可是，我开不了口。

武微：面子不过一张皮，错过的朋友，没有就没有了。我是不知道你在犹豫什么？话我说到这里，我先走了，你自己决定。

［邱欣追上季承。］

邱欣：季承，你还在生我气吗？对不起。

季承：我早就不放在心上了。

邱欣：那你为什么都不搭理我？

季承：我从小到大陪着你长大，看着你难过，看着你渐渐麻木，我想保护你，是一种保护小伙伴的心理。我保护你越多，你对我的依赖就越大。总觉得无论如何，季承都会陪着我，无论我做错什么，都有季承帮我摆平，是不是？

邱欣：季承……

季承：邱欣，我不可能保护你一辈子，你都十六了。

邱欣：那我也可以自己的嘛，跟我和好嘛！

[邱欣学着季承，撒起娇。]

季承：嗯，人家才不要和你和好呢！要和好，就去和你爸妈好好谈一谈，我就这一个条件。

[季承语调转换极快。]

邱欣：一山还比一山高！佩服！

[季承瞪了邱欣一眼。邱欣扭扭捏捏地勉强答应。]

[远远的后方。]

武微：切，还不是要下猛料。

[武微低头给章荀发短信：搞定！]

邱欣家　日　内

[邱欣和邱欣母坐在一起。]

医院　日　内

护士：好水灵的女孩，你们还没想好名字吗？

[邱父看着手里还在逗弄的小女孩。]

邱欣父：就叫邱欣吧，邱欣，秋心，未来可有得我愁了。

邱欣母：怎么觉得这么晦气？

邱欣父：是欣，欣欣向荣的欣。

邱欣母：小邱欣，小邱欣，不错。以我们现在的物质条件，我担心无法给孩子好的生活。

邱欣父：相信我，给我一点时间，我一定给你和孩子最好的生活。

办公室　日　内

[邱欣的父亲接电话接得焦头烂额，办公桌上的日历上赫然写着：小欣首场比赛。]

邱欣家　夜　内

邱欣：我爸为我做了这么多，你们为什么都不告诉我？

邱母：小欣，你有给过你爸爸机会吗？你甚至连话都不愿意和他说。

邱欣：我不喜欢他！

邱母：我知道我们小时候对不起你，但是我和你爸爸现在都在努力经营我们之间的感情，尤其是你爸爸，你就不能给他一个机会吗？只是和他谈谈，这个要求应该不过分吧。

[邱欣点头答应。]

[邱父从房间出来。]

[邱欣从看到他父亲那一刻起，其实已经原谅了一切。]

邱欣：爸……

教室1　日　内

邱欣给季承传了张纸条：搞定！

季承回：靠谱！

篮球馆　日　内

[章荀一个人出现在篮球馆。]

章荀：我想我要退出篮球队了。

[众人一片哗然。]

李瑾：你想清楚了吗？

章荀：是的，想得很清楚了。

李瑾：好，朕受理了！准奏！

[章荀笑得如释重负。]

李瑾：难得人员齐全，今晚去吃火锅吧，顺便庆祝一年一度的校级比赛大胜。

［众人欢呼响应。］

武微：等训练完再说！

邱欣：哎，我说到底是教练越来越像队长，还是队长越来越像教练？

林楠：无所谓啦，总而言之，就是魔头变成两个了，哎哟……

邱欣：哈哈，来了来了，快训练吧。

篮球馆　日　内

［"女子篮球青年队选拔赛"的横幅挂在篮球馆里，裁判席坐了一排人。赛场上，一个篮球高高抛起……］

大地之子

润扬大桥　晨　外

［（淡入）镜头越过润扬大桥。浩荡长江滚滚东去，正是旭日东升的时候，江面上波光粼粼。］

［金山、焦山 、北固山如星辰般点缀在长江南岸，远处是镇江隐约的城市轮廓。］

金山　晨　外

［镜头越过金山，好像引领我们体验了一次"水漫金山"的神话传说。］

［镜头飞向镇江，这个美丽的滨江城市离我们越来越近。字幕：镇江。］

［金山寺众僧早课的钟声渐渐被甩到了身后，而城市清晨的喧闹越发清晰起来。］

医院　针灸室　晨　内

［很安静。早晨的阳光透过窗帘，把针灸室映照得一片温暖。六十岁出头的赵亚夫和他的夫人黄宝华分别趴在一张针灸用的床上。］

［黄宝华患有肩周炎的左肩扎了数根针。现在，针灸师走到赵亚夫身边，动作熟练地撩起他的衣服。］

［黄宝华转头，心疼地看向自己的丈夫。］

［一根针准确地刺进赵亚夫腰部的某个穴位上。］

［赵亚夫偏头冲黄宝华微笑，忽地，他的脸一抽搐，显然又一根针刺进了他的腰部。］

赵亚夫家客厅　晨　内

［黄宝华站在餐桌边，将剪刀、雨伞、手电、笔记本——赵亚夫的几件宝，一一放进一个黑色的双肩包里。］

［赵亚夫从书房走出来。］

黄宝华：老赵，你的腰刚刚有些好转，就别急着……

赵亚夫：宝华，你新买的鞋，合脚，穿着舒服。

［赵亚夫穿着新鞋的脚在地板上踩了踩。］

［黄宝华走到赵亚夫身边，替他背上双肩包。］

赵亚夫：这些日子我们天天早起去针灸，效果不错，你不用担心我的腰。哦，你的肩好些了吧？

黄宝华：我没事。

［黄宝华还想说什么，赵亚夫说句"走了"，出门而去。］

［望着丈夫离去的背影，黄宝华轻轻叹了一口气……］

一组短镜头　日　外

［赵亚夫的脚走在砂石路面上，他沿乡间公路前行。］

［赵亚夫的脚走在坑坑洼洼的田埂上，他巡视着乡村的田野。］

［赵亚夫的脚向上攀登，他拄着拐杖，努力翻越一座坡岗……］

（以上画面出片头字幕）

［镜头飞越茅山，呈现在我们面前的是充满生机的句容大地。大地上万山红遍。］

［出片名——《大地之子》。］

戴庄　戴有富家责任田　日　外

［戴有富带着儿子戴春生翻耕土地。］

［赵亚夫和他的助手刘学宁沿田埂走过来，后者胳膊弯里搂着一捆桃树苗。在他们的身后，一辆面包车停在村路上。］

［二人走到戴有富面前。］

刘学宁：老戴，忙着哪？

［戴有富继续干他的活，没有作声。］

赵亚夫：老戴，打算在这里种点什么？

戴有富：就戴庄这个地方，还能种出什么新奇东西？老一套。

刘学宁兴奋起来：老戴，你可以栽桃树啊！你看，这是赵主任刚刚引进的桃树新品种，特别适合在戴庄栽种。

［戴有富瞟了一眼刘学宁臂弯里的桃树苗，忽然扔下手里面刨地的镐头，径直向儿子走去。］

［赵亚夫和刘学宁对视一眼，跟着走过去。］

［显然，戴春生在磨洋工。不知啥时候，他从怀里掏出一本杂志，席地而坐，津津有味地看起来。］

［戴有富走到儿子面前，气不打一处来。］

戴有富：看看你这个怂样，哪个愿意和你结婚？哪个肯嫁到我们家来？

［戴春生站起身，拍拍屁股上的泥巴。］

［戴有富伸手抢过儿子手上的杂志，撕得稀巴烂。］

赵亚夫：老戴，你这是……

［戴春生悻悻地走了。］

戴有富：赵主任，让你见笑了。这么大人他不成器啊，唉！

赵亚夫笑眯眯：别着急，别着急，父子之间的事好商量。

戴有富：我跟他商量？我打不死他！哼！

刘学宁也笑：老戴，你消消气，还是看看我们的桃树苗吧。

戴有富犹豫了一下：唔，桃树苗我就不看了吧！

刘学宁：赵主任考虑了很久，觉得老戴能支持我们的工作，就首先找你来了。（急切的样子）

戴有富：我……哦，我还是老老实实种点地吧，这桃树……呵呵！

赵亚夫：老戴，技术、管理什么的你不用担心。

戴有富：我不担心赵主任撒手不管，我是怕……结出桃子卖不掉怎么办？到时候砍了桃树当柴火烧，火力也不会很旺吧？

刘学宁：这……

戴有富：赵主任，你们去别家转转，看有没有人愿意接手。

[戴有富转身走向他干活的地方，走了几步，他回过头。]

戴有富：赵主任，说句老实话，要不是认识你，我早就把二位当成那些推销种子、推销化肥的，轰你们走了。

[赵亚夫和刘学宁面面相觑。]

[戴有富继续翻耕他的土地。]

[刘学宁收回看戴有富的视线，长长地叹息了一声。]

谢塘　村路　日　外（闪回）

[一台手扶拖拉机行驶在谢塘的村道上，车上装满碧绿的草莓苗。]

[谢树青（二十来岁）开拖拉机，赵亚夫（四十岁）和刘学宁（二十来岁）分坐在拖斗两侧。]

[赵亚夫和刘学宁双臂环抱着拖斗上的铁架子。]

[这是一条砂石路，拖拉机后面扬起阵阵尘土。]

谢塘村巷　日　外

[拖拉机停在村巷的尽头。]

[谢树青站在拖拉机驾驶座上，大声吆喝。]

谢树青：看一看，瞧一瞧，这是市农科所从日本引进的草莓品种。我们谢塘是市里重点推广种植单位，大家积极响应上级号召，辟出一块地，种上一片草莓，花点工夫，到时候一定能卖个好价钱，不光能脱贫致富，我们谢塘村也会跟着漂亮起来。什么，你不信？一眼望去全是红彤彤的大草莓，那可是万山红遍啊，你说漂亮不漂亮！

[赵亚夫和刘学宁一人手里拿着一把草莓苗，向村民们讲述着。]

[不断有村民驻足，但大多数是看热闹的。]

[刘学宁将草莓苗递到一村民面前，那人摇摇头，走开。]

[有人好奇地翻看着拖拉机上的草莓苗。]

[又一村民从赵亚夫手里接过草莓苗，赵亚夫连声说着：谢谢，谢谢。]

[没走几步，那村民随手将草莓苗扔到地上。]

［赵亚夫眼睛里露出失望的神色。］

谢塘 春兰家 门前　日　外

［十岁的小春兰探头向门外张望，脸上露出神秘的笑。］

［春兰轻轻关上门。］

谢塘 春兰家 屋里　日　内

［春兰走到穿衣镜前。］

［春兰从口袋里掏出一支口红。］

［春兰笨拙地往嘴唇上涂抹口红，满脸兴奋。］

［忽然传来敲门声。］

［春兰大惊失色，赶紧将口红放进口袋。］

［慌乱之中，春兰用手背使劲擦拭着嘴唇，舌头舔个不停。］

谢塘 春兰家 门前　日　外

［几只羊在门前的场院里悠闲地吃着草。］

［赵亚夫、刘学宁、谢树青站在门前，他们怀里抱着草莓苗。］

［谢树青使劲敲了几下门，屋里没有人答应。］

［刘学宁不耐烦地东张西望。］

谢树青：赵所长，是我们宣传发动工作做得不到家，我们再想想办法。

赵亚夫：不急不急，我们挨家挨户登门拜访，一来给大伙送草莓苗，二来借机会对谢塘村的情况做个更为全面深入的了解。

谢树青讪讪地：是是是。

谢塘 春兰家 屋内　日　内

［春兰背靠紧闭的屋门，大气不敢出。］

［一只大黄狗走过来，亲昵地嗅着春兰的裤脚。］

［春兰冲大黄狗做鬼脸。］

谢塘 春兰家 门前　日　外

赵亚夫看看手里的草莓苗，有些怜惜：家里没人，草莓苗放在屋外，用不了多久就蔫了。

[大黄狗从门边的狗洞里钻出来。]

[赵亚夫眼睛一亮。]

[见屋外有生人，大黄狗撒腿就跑。]

谢塘 春兰家 屋内　日　内

[春兰脸贴着门，透过门缝，努力向外看。透过门缝，春兰看见赵亚夫拿着草莓苗向门边走来。春兰紧张地缩成一团。]

谢塘 春兰家 门前　日　外

[赵亚夫蹲下身，将手里的草莓苗塞进狗洞。]

[刘学宁和谢树青对视一眼。]

谢塘 春兰家 屋内　日　内

[草莓苗从狗洞里面塞进屋来。]

[春兰好奇地看着。]

谢塘 春兰家 门前　日　外

[放好草莓苗，赵亚夫站起身，他掸掸手。]

[赵亚夫、刘学宁、谢树青向隔壁邻居家走去。]

谢塘 春兰家 屋内　日　内

[春兰放松下来，她慢慢蹲下身，看着从狗洞里塞进来的草莓苗。]

[小姑娘实在不认识眼前的植物，伸手去拿。]

[忽地，草莓苗被人从狗洞里面猛地抽出去。]

[春兰起身打开门，看向屋外。]

[一个中年女人拿着草莓苗走向场院的那几只羊。显然，这是春兰的

母亲。］

谢塘 春兰家 门前 日 外

［春兰妈将草莓苗扔到羊面前。］

［春兰站在门槛后，心疼地看着。］

［赵亚夫、刘学宁、谢树青已经走到隔壁场院，他们驻足回首，看向这边。］

［羊们抢食翠嫩的草莓苗，发出"咩咩咩"的欢叫。］

［赵亚夫的眼神掩饰不住他内心的失望。］

镇江农科所 赵亚夫办公室 夜 内

［办公室的门被推开，赵亚夫和刘学宁走进来。］

［赵亚夫打开灯，刘学宁径直走到办公桌边，端起办公桌上的搪瓷缸大口喝水。］

［刘学宁抹了一下嘴唇：赵所长，你看，你看这一天，我们都干了什么！］

赵亚夫：干了什么？工作，正常的工作。

刘学宁：可是……

赵亚夫：这才跑了一天……学宁，你是累了吧？

刘学宁：是，我累，心累！

［赵亚夫抬起头，定定地看了刘学宁一眼，扑哧一声乐了，动手收拾自己的办公桌。］

［刘学宁几步走到赵亚夫面前。］

刘学宁：赵所长，我知道，你留学日本学习农艺吃了不少苦。

赵亚夫：可我也大开眼界，长了很多见识。

刘学宁：别人出国带回来家用电器，你倒好，一箱书，十几株草莓苗，亏不亏啊！

赵亚夫：不带回草莓苗，那我才是真的亏！

刘学宁：为了培育这批用于种植的草莓苗，你领着我们，还有小谢他们一起干，那个操心的！

赵亚夫打量一眼刘学宁，故作惊讶：好小子，你哪来的闲工夫，一直这么研究我？告诉你啊，我是你的领导，这样可不好！

刘学宁：记得从日本回来后，你在全所职工大会上说，日本农村真是太漂亮了，我们为什么就不能呢？我们落后了，我们不能再等，我们要让农民过上好日子，我们要干！

[赵亚夫沉默了，他慢慢踱起步。]

刘学宁：可是今天，在谢塘，我们费了那么多口舌，效果有多少呢？连笑脸都没见到几张。我算明白了，他们不急。

赵亚夫：不，我急！

刘学宁：赵所！

赵亚夫：这样普遍撒网恐怕不行，我想我们要重点发展几个草莓种植户，给其他村民做示范，等时机成熟了，一定能大面积推广。我这就给市政府打报告，请求市里出台扶持政策。

[赵亚夫走到办公桌前，坐下，拿起笔。]

[刘学宁看看赵亚夫，目光显得有些茫然。]

[赵亚夫稍一凝神，在报告纸上落笔。]

[笔尖"唰唰"地移动着：《关于给予谢塘村草莓种植政策扶持的报告》]

（闪回完）

戴庄 戴有富的责任田　　日　外

[戴有富的镐头刨进土里。]

[赵亚夫和刘学宁向停在村道上的面包车走来，后景是使劲刨地的戴有富。]

刘学宁叹了一口气：二十年了，跟当年我们刚去谢塘时遇到的一样。

赵亚夫：像老戴这样的村民，要让他们有所改变，不容易啊！

刘学宁：观念、思路，这些问题，不是一时半会儿就能解决的。

赵亚夫：一年不行两年，两年不行十年，我们多花点时间总会有所收获的！不过，我觉得我们自己也有一些问题。

刘学宁：什么？

赵亚夫：我在想，我们自己的观念、思路、工作方法是不是也有一些问题呢？

［刘学宁狐疑地看了赵亚夫一眼。］

［二人向面包车走去。透过他俩，戴水根挎着一只竹篮走到面包车边。］

村道 面包车　日　外

［面包车的车厢门开着，车厢里放着桃树苗。］

［戴水根走到这里，他停下脚步，眼睛看向车厢。少顷，他弯腰伸手拿起一株桃树苗。］

［戴水根端详着桃树苗，他似乎认识这株苗木，脸上慢慢露出笑容。］

［赵亚夫和刘学宁沿田埂走过来。］

［看见有人过来，戴水根赶紧把桃树苗丢回车厢，闪到一边。］

［赵亚夫坐上副驾驶位置。刘学宁将手里抱着的桃树苗扔进车厢，拉上车厢门，然后坐到驾驶座上，发动面包车。］

［戴水根看着面包车沿村道驶去。］

［面包车后扬起尘土。］

戴水根喃喃着：我认识你，我认识你……

［戴水根撒腿追面包车。］

［村道上，戴水根追着面包车。］

［赵亚夫不经意地看了一眼后视镜。］

［后视镜里，戴水根追赶着面包车。］

［戴水根奔跑在村道上。］

［赵亚夫收回看着后视镜的视线，脸上露出恻隐的表情。］

镇江 赵亚夫家 客厅　夜　内

［赵磊往餐桌上摆放着碗筷，黄宝华在厨房里炒菜。］

［赵亚夫推门进来。］

赵亚夫：哟，赵磊来了。

［赵磊应了一声。］

［赵亚夫紧走几步，推开了一个房间的门往里看了一眼，又走到书房门前往里看。］

赵磊：爸，你找什么呢？

赵亚夫：小翔呢？他怎么没来？

赵磊：他不想来。

［赵亚夫走到赵磊面前。］

赵亚夫：以后你一个人别来了。一星期就让我见一次孙子，还不按章办事，哼！

赵磊：来了你也没时间陪他玩。

赵亚夫：谁说我没时间，我有的是时间。

赵磊：爸！当农科所所长，你往乡下跑，这是你的工作；当人大常委会副主任，为了跑乡下，你不驻会；现在退休了，你还是一个劲儿地往乡下跑。你的时间全在乡下了！

赵亚夫：乡下我熟门熟路，不往乡下跑，我能去哪儿？

赵磊：我说爸，你就不能……

黄宝华端着一盘菜出来：好了好了，你们两个别一见面就呛，吃饭！

［赵磊从桌腿处拿出一个电脑包。］

［赵亚夫眼前一亮。］

赵磊：妈说你想学电脑，下午我陪她上街买了一台。爸，你都60多了，还……

赵亚夫：你们年轻人可以玩电脑，就不兴我老头子学学电脑，上网玩玩游戏？

黄宝华拿起筷子，白了一眼赵亚夫：要不你先去玩，玩好了再来吃饭。

赵亚夫嘿嘿一乐：吃饭，吃饭。……赵磊，待会儿你教教我。

戴庄 村委会　夜　外

（桃树苗如何存放，请咨询专家）

［桃树苗堆放在村委会办公室的墙根下。］

[一个人影走过来。]

[人影在桃树苗旁停下，来人是戴水根。]

[戴水根掀开盖在桃树苗上面的稻草，抱起一捆桃树苗走了。]

[月光将戴水根抱着桃树苗的影子留在地面上。]

镇江 赵亚夫家 书房　夜　内

[赵亚夫轻轻合上电脑，站起身。]

[赵亚夫慢慢踱步。]

[黄宝华端着一杯茶走进书房。]

[黄宝华看着自己的丈夫。]

[赵亚夫思索着。]

黄宝华：怎么，戴庄的事不顺利？

赵亚夫：还好，还好。

黄宝华：老赵，你就别瞒我了。这么多年了，你有心思我还能看不出来？

[赵亚夫冲老伴微微一笑。]

戴庄　晨　外（空镜）

戴庄 村委会　日　外

[刘学宁用脚拨拉一下放在墙角的桃树苗，气不打一处来。]

刘学宁：我和赵主任，我们苦口婆心说了那么多话，没人肯听，没人愿意栽桃树。现在倒好，夜里居然有人偷树苗！这戴庄到底是什么地方，我真是搞不懂！

[张伟明站在一边，有些尴尬。]

刘学宁：哦，张副书记，你是大学生村官，来戴庄时间不长，对情况也不是太了解，我说这么多废话干什么！

张伟明：不，你说，我听着。

刘学宁：赵主任搞一个讲座不容易，查资料、备课、写讲义，不说别的，就冲他这么大年纪，你们也应该把组织工作做好，可是……

[张伟明无言以对。]

戴庄 小学教室　日　内

[赵亚夫的讲座安排在小学的教室里进行。他坐在讲台上，面前放着那台刚买的笔记本电脑。台下只有一个听众，这个人是戴春生。]

赵亚夫：我们都知道，戴庄地处偏僻，交通不便，是全市最穷、最落后的一个村，但是，作为戴庄人，我们不能自暴自弃！

[戴春生认真听着。]

赵亚夫：有山有水、土壤肥沃、气候适宜、远离污染源，这是戴庄的优势。我们要发挥这些优势，找出一条适合戴庄发展的道路。

[张伟明悄悄从后门走进教室，在靠后的位置坐下。]

[赵亚夫有些激动，他站起身。]

赵亚夫：环境友好、资源节约、可持续发展，这就是戴庄要走的路！

[张伟明仔细听着。]

赵亚夫：桃树、草莓、葡萄、有机蔬菜、有机水稻、养殖……不光是一部分人先富起来，全村人都要过上好日子！我们要把戴庄建设成社会主义新农村，而且是现代化的新农村！

[戴春生兴奋地听着。]

[一个小伙子走进来，附到张伟明耳边说了几句话。]

[张伟明站起身。]

戴庄 坡岗　日　外

[坡岗上杂草丛生，一片荒凉。]

[戴水根忙着挖坑种桃树，谢春兰站在不远处，默默地看着自己的丈夫。]

[戴水根使劲挖着坑。]

[谢春兰脸上充满忧伤。]

[赵亚夫、刘学宁、戴春生、张伟明等从坡后走上来。]

[看着眼前情景，赵亚夫愣住了。]

[戴水根直起身子，紧张地看着来人。]

戴水根：你们，你们别找春兰，是我自己，我自己去拿的树苗。

赵亚夫：没事，水根，没事。

戴水根笑了：我认识你，我认识你……

［赵亚夫走到谢春兰面前。］

［谢春兰鼻子一酸，差点掉下泪来。］

谢春兰：赵主任……

［赵亚夫看着谢春兰，眼神里透着怜惜。］

谢塘 草莓种植地　日　外（闪回）

［小春兰端着搪瓷茶缸走在草莓种植地里。］

［已经栽好了一些草莓，几个村民围在赵亚夫身边，看他做栽种草莓的示范。］

谢树青打趣：春兰妈，等卖了草莓，赚到钱，你们家就楼上楼下，电灯电话了，你就是先富起来的人！

春兰妈：那要好好谢谢赵所长，也要谢谢你这个农技员！

［小春兰走到赵亚夫面前。］

［赵亚夫接过搪瓷茶缸，喝了一口水。］

［小春兰甜甜地笑着。］

（闪回完）

戴庄 坡岗　日　外

［谢春兰抬起婆娑的泪眼，看着赵亚夫。］

赵亚夫：春兰，愿意种桃树吗？

［谢春兰有些不知所措。］

赵亚夫：土地由你出，树苗、技术我们负责，你和我们共同管理，等结出了果实，所有收入都归你！

［谢春兰迟疑了一下，立即连连点头。］

赵亚夫转对张伟明：小张书记，你看这样安排合适吗？

［张伟明有些慌张，不知如何回答。］

[戴春生若有所思地挠挠头。]

[戴水根灿烂地笑了。]

镇江 街景 夜 外（空镜）

镇江 赵亚夫家 夜 内

[黄宝华打开门，赵亚夫背着双肩包进来。]

[黄宝华帮赵亚夫取下双肩包。]

[赵亚夫坐在椅子上泡脚，黄宝华提着电水壶，往脚盆里倒热水……]

戴庄 村委会前 日 外

[一只颇为精致的小竹筐里放满新鲜的草莓。]

[一只手伸进来想拿草莓，被另一只手推开了。]

[一辆黑色别克君威停在村委会前。程蓉蓉提着草莓筐，张伟明悻悻地收回自己想拿草莓的手。]

程蓉蓉：出门前刚摘的，谢书记说捎给赵主任尝尝。

张伟明：小气鬼！不给吃算了。告诉你，用不了多久，戴庄也会有草莓、葡萄、桃子的，味道肯定比你们谢塘的强。

程蓉蓉笑：呵呵，个别人恐怕赶不上戴庄的美味喽。

[张伟明被点到痛处，一时语塞。]

程蓉蓉：镇上怎么说？

张伟明：说还要研究研究，让我再等等。

[一声汽车喇叭响，一辆面包车驶到村委会前停下。]

[君威车的车门打开，四十来岁的谢树青从车上下来。]

[赵亚夫和刘学宁下了面包车。]

[谢树青迎向赵亚夫，与他握手。]

谢树青：我说得没错，这些天到戴庄来，一准能找到赵主任。

赵亚夫：谢书记，有事你打个电话就行了。

谢树青：赵主任，你还是叫我小谢吧。我今天来，是想请赵主任到我们

146

谢塘走走、看看。

赵亚夫：这……

谢树青试探：赵主任，这些年你去谢塘的次数少多了，是不是快把我们那儿忘了？

赵亚夫：谢塘，我怎么会忘了谢塘呢？不会忘的。

［张伟明和程蓉蓉面面相觑。］

［刘学宁看看谢树青，又看看赵亚夫。］

刘学宁打圆场：树青，戴庄的局面刚刚打开，等忙过这阵子，我陪赵主任去谢塘。

谢树青：赵主任，谢塘的发展遇到了瓶颈，我们想请你过去点拨点拨。

［赵亚夫未置可否。］

［刘学宁看了一眼张伟明和程蓉蓉，岔开话题。］

刘学宁：哦哦，我说谢书记，你不如批准蓉蓉"村官"调到戴庄来，这样我们的小张书记干起工作来更踏实。

［程蓉蓉有点不好意思地往张伟明身边靠靠。］

戴庄 村道 日 外

［戴有富骑着一辆二八自行车，一副气呼呼的表情，眼睛盯着一个方向。］

戴庄 坡岗 日 外

［几个村民正在整理坡岗，割草、翻土。］

［戴水根用镰刀割着杂草，很是开心。］

［戴春生用镐头刨着凸起的土堆。］

［谢春兰和赵亚夫、刘学宁、张伟明也干着活。］

赵亚夫：春兰，等条件成熟了，你可以办一个有一定规模的果园。

谢春兰：赵主任，我听您的。

赵亚夫直起身子，对不远处的刘学宁：学宁，你测算一下，看这里需要多少苗木。

［戴有富在坡下停好自行车，大步向坡上走来。］

[戴有富走到戴春生面前，一把抢过镐头。]

戴春生：爸，你这是干吗？

戴有富：要干活回家干去，我们家有干不完的活！

戴春生：爸，人家这是付工钱的。

戴有富：想打工是吧？想打工你走远点，别在我面前丢人现眼！

[戴有富拿着镐头径直往坡下走，戴春生只好跟在他身后。]

[经过张伟明时，戴春生对他做了一个无可奈何的表情。]

[看着下坡而去的父子俩的背影，赵亚夫微微一笑。]

镇江 街景 夜 外（空镜）

镇江 某酒店门前 夜 外

[黄宝华焦急地等候在酒店门厅前。]

[一辆面包车驶过来，停下。]

[赵亚夫下车，黄宝华迎上去。二人走进酒店门厅。]

镇江 酒店门厅 夜 内

[赵亚夫跟随黄宝华走进酒店门厅。]

赵亚夫：有话回家说，花钱到这来干什么！

黄宝华：就不兴儿子请你吃顿饭，表表孝心？

[迎宾小姐饶有兴趣地看着背着双肩包、一副风尘仆仆样子的赵亚夫。]

镇江 酒店 包间 夜 内

[一个颇为豪华的包间。]

[赵亚夫和黄宝华走进来。赵磊赶紧起身替赵亚夫取下背着的双肩包。一个40来岁的男人也跟着迎上去。]

赵磊：爸，我来介绍一下，这位是潘总。

潘总：赵主任能百忙之中赶过来，谢谢，谢谢！

赵亚夫：赵磊，不是说你请我吃饭的吗？

赵磊有些不自然：哦，是潘总安排的。

潘总：一样一样。请，请！

［众人落座。］

潘总：今天请赵主任过来，主要是想汇报一件事。

赵亚夫：潘总客气，我已经退休了。

潘总：正因为赵主任退休了，我才敢冒昧打扰。是这样的，我和赵磊商量过了，我们准备成立一个公司，开展一些跟农村和农业有关的业务，想请赵主任出山。

赵亚夫：这倒是跟我现在做的事有点关系。

［赵亚夫盯了赵磊一眼。］

［赵磊躲闪着赵亚夫的目光。］

潘总端起酒杯：只要赵主任肯出山，我们的公司一定前途无量。来，赵主任，我敬您一杯！

［赵磊跟着端起酒杯。］

赵亚夫淡淡地说：赵磊，你知道的，我不喝酒！

［潘总尴尬。］

［赵磊苦着脸。］

［黄宝华担心地看看丈夫，又看看儿子。］

赵亚夫拿起筷子：来，吃菜，吃菜。

镇江 赵亚夫家小区　夜　外

［路灯昏暗。］

［赵亚夫和黄宝华相互扶持着，走向自家单元的门。］

赵亚夫：荣誉董事长，名头倒是蛮好听的，原来摆的是鸿门宴！

黄宝华：老赵，别把孩子想得那么不争气，他是想做点事情。

赵亚夫：做事情我不反对，但是路子一定要正！

黄宝华：你呀！

［二人走进单元的门洞。］

镇江 赵亚夫家 客厅　夜　内

[黄宝华手里叠着衣服，从房间里走出来。]

[赵亚夫坐在沙发上看报纸。]

[黄宝华竟然扑哧一下乐了。]

[赵亚夫抬头看了一眼黄宝华。]

黄宝华：小磊从小就调皮捣蛋，那是哪一年？

赵亚夫：什么？

黄宝华：那年小磊四岁，亏他小子想得出来，趴在水缸上面，说要把水里的自己捞上来，小脚踮啊，一头栽进水里……

[黄宝华的声音有些哽咽。]

赵亚夫愧疚地说：都怪我，要是早点做个缸盖就没事了。

黄宝华：那会儿你正在搞水稻新品种研究，一个月才回来一趟，哪管得了那么多。

赵亚夫叹口气：小磊小时候我还真没怎么管，多亏了你。

黄宝华：现在，孩子老大不小的了，老赵，能帮你就帮帮他吧。

[赵亚夫慢慢收起手里的报纸。]

戴庄　日　外（空镜）

戴庄 戴有富家 门前　日　外

[戴春生气呼呼地走出门。一只酒杯跟着从屋里飞出来，摔碎在门前的水泥地上。]

[赵亚夫、刘学宁、张伟明正好走过来。]

[戴春生快步从他们面前走过，张伟明追上去。]

[春生妈从屋里出来。]

春生妈：哟，是赵主任，快进屋，进屋。

[赵亚夫、刘学宁走进屋里。]

戴庄 戴有富家　日　内

[正在吃饭，桌上摆着炒花生米、拌黄瓜两个下酒菜。摔了一个酒杯，戴有富换了一个酒杯倒酒。]

[赵亚夫、刘学宁跟随春生妈进屋。]

[戴有富不理不睬，端起酒杯。]

春生妈抢过酒杯：我让你喝，我让你喝！

赵亚夫：让老戴喝，让老戴喝。

春生妈：赵主任大老远来，也不招呼人家坐。

戴有富瓮声瓮气：坐！

戴庄 水库边　日　外

[张伟明和戴春生坐在水库边。]

[张伟明哈哈大笑。]

戴春生：你笑什么？

张伟明：我说哥们，你至于吗？一个女孩把你弄成这样，啧啧！天涯何处无芳草，听我的，再找一个！

戴春生：张伟明，你别站着说话不腰疼。你试试，要是那个美女"村官"甩了你，你会怎样？戴庄怕是不肯待了吧？

[张伟明噎住了，他收敛起脸上的笑容。]

戴庄 戴有富家　日　内

[赵亚夫、刘学宁已经落座，面前放着茶水。]

赵亚夫：怪不得春生心情不好，原来是这么回事。

戴有富：心情不好就不干活，不吃饭啦？

赵亚夫：老戴，孩子有他们自己的想法，管不了就别管，随他去。

戴有富：这可不行，你不管，他能上天！

赵亚夫：那你们爷俩就这么耗下去？

戴有富：原本以为他蔫几天就没事了，没想到……对了，赵主任，别怪我不客气，这事跟你有关，你有责任！

刘学宁：什么？老戴，你这是什么意思？

春生妈：赵主任，他喝酒了，您别听他瞎说。

赵亚夫感兴趣：老戴，你说说！

戴有富：春生整天吵吵着要跟你们搞现代化农业，就他那个熊样，他能干什么？

赵亚夫笑：还真跟我们有关系。老戴，你放心，这个责任我负！

［戴有富眼睛里闪过一丝小小的得意。］

戴庄 水库边　日　外

戴春生：赵主任他们给了那么多优惠条件，不少人已经开始干了，他的小心眼能不活动？

张伟明：想干就直接跟赵主任说呗！

戴春生：我爸这人，你知道的，要面子！

［张伟明呵呵一乐。］

戴庄 戴有富责任田　日　外

［戴有富背着手在地里走，赵亚夫、刘学宁跟在后面。］

［三人停下脚步。］

戴有富：就是这块地。

赵亚夫：这块地非常适合种植越光水稻。

戴有富：赵主任，我话说在前头，不是为了春生，我才不愿意种什么越光水稻。

［刘学宁已经看明白了戴有富的心思，偷偷一笑。］

戴有富：这什么大米，能卖这么贵？

刘学宁：等种出来你就知道了。

戴有富：要是卖不到这个价，我可找你们算账。

赵亚夫：老戴，还是那句话，这个责任我负！

医院 针灸室　晨　内

[针灸室的门被推开，赵亚夫和黄宝华跟在针灸师身后走进针灸室。]

针灸师：赵主任，您有一段时间没来了。

黄宝华：他呀，一忙起来，早把这事抛到脑后了。

[赵亚夫走到针灸床边，坐下。]

赵亚夫：这段时间还好，腰和腿都没太大反应。

针灸师：赵主任，您一定要坚持下去，这对缓解症状、恢复机能都有好处。

黄宝华嗔怪：听见了没有？

[赵亚夫手机铃声响，他接听电话。]

赵亚夫：喂？……哦，是春兰啊！……春兰，你别着急，慢慢说。……嗯……嗯……我知道了，我马上来！

[赵亚夫起身往外走。]

黄宝华：老赵，你针灸完再走啊！

赵亚夫：宝华，别着急，好好治治你的肩。医生，谢谢啊！

[赵亚夫出门而去。]

[黄宝华无可奈何地吸了一口气。]

戴庄 坡岗上　日　外

[坡岗上是一片刚栽不久的桃树苗。]

[戴水根蹲在一棵小树苗前，仔细观察着。]

[谢春兰站在一边，不时焦急地往坡下张望。]

[戴水根双膝跪下，双手扒桃树苗根部的泥土。]

谢春兰心疼：水根！

[戴水根的手扒拉着泥土……]

戴庄 坡岗下　日　外

[赵亚夫、刘学宁、张伟明急匆匆走过来。]

［三人往坡上爬。］

［忽然，赵亚夫脚下一滑，他"哎哟"一声。］

刘学宁：赵主任，你怎么了？

［张伟明欲扶赵亚夫。］

赵亚夫脸上露出痛苦的表情：没事，我没事。

［赵亚夫一手撑腰，继续艰难地往上走。］

［张伟明看着赵亚夫。］

［赵亚夫往坡顶攀爬。］

戴庄 坡岗上　日　外

［赵亚夫爬上了坡岗，他气喘吁吁，脸上沁出了虚汗。］

谢春兰迎上去：赵主任。

赵亚夫：春兰，你说说情况。

谢春兰：有些树苗已经发芽了，有些一点动静都没有。

［赵亚夫走到一棵树苗前，他想弯腰观察，但腰痛只能使他蹲下身。］

刘学宁：赵主任，我来吧。

［赵亚夫观察着。］

［张伟明看看赵亚夫。］

［赵亚夫双腿跪下，伸手扒拉树苗根部的泥土。］

［春兰看着。］

［赵亚夫的手扒拉着泥土。］

［水根看着。］

［赵亚夫脸上的汗水滴进泥土里。］

［张伟明两眼热切地看着赵亚夫。］

［赵亚夫脸上的表情放松了，他想站起身，张伟明上前扶起他。］

赵亚夫：土和肥夯得太实，影响了树苗根须的发育。松松土，这个问题就解决了。

［谢春兰轻轻舒了一口气。］

戴水根冲赵亚夫笑着：我认识你，我认识你……

戴庄 坡岗上　日　外

［程蓉蓉骑着自行车过来，她向坡岗上看了一眼，翻身下车。］

戴庄 坡岗上　日　外

［赵亚夫席地而坐，讲授桃树栽植的要领，其他人或坐或站。］

赵亚夫：栽种桃树一定要注意这几个方面的问题。

刘学宁心疼：赵主任，今天就到这里吧。

赵亚夫：我没事了。这腰腿痛有时候还真挺折磨人，呵呵！

坡下传来程蓉蓉的喊声：张伟明——

［众人向坡下看去。］

［坡下，程蓉蓉向这边招着手。］

［张伟明有点不自然。］

赵亚夫：小张，你快去啊！

［张伟明迈步离去。］

戴庄 坡岗下　日　外

［张伟明一溜小跑下了坡岗。］

［张伟明来到程蓉蓉面前。］

程蓉蓉：张书记，公务繁忙啊！

张伟明：什么事烦劳蓉蓉"村官"大老远亲自跑到戴庄来？

程蓉蓉：以前你三天两头就来谢塘，现在一个月也难见你一面，是不是想拿出点表现来？

张伟明：我这不是配合赵主任工作吗！

程蓉蓉：站好最后一班岗，应该的。

张伟明语塞：我……

戴庄 坡岗上　日　外

［刘学宁认真研究一株桃树苗，戴水根蹲在一边看。］

［谢春兰望着坡下那对恋人亲昵的身影。］

［赵亚夫收回望着坡下的视线，看向谢春兰。］

［谢春兰呆呆地看着。］

赵亚夫轻声：春兰……

谢春兰像是从梦中惊醒：赵主任。

赵亚夫艰难地选择着词汇：春兰，你和水根，你们没考虑……没考虑要个孩子？

［谢春兰沉默了片刻，摇摇头。］

赵亚夫：春兰，你苦啊！

戴水根忽然兴奋地叫起来：活了，活了，这棵活了！春兰，你来看，快来看！

［谢春兰惨淡一笑。］

戴庄 坡岗下　日　外

张伟明意外：什么？你说什么？

程蓉蓉：你没听清楚啊！我再说一遍，我准备报考公务员！

张伟明：不会吧？

程蓉蓉：这有什么奇怪的？当初我们报考"村官"，现在你辞职，我去考公务员，都是很自然的选择。

张伟明：只是……

程蓉蓉：怎么，你不支持我？

张伟明苦着脸：我想，要是你当上高级别的公务员，我辞职了，可能会变成一个无业游民，我们之间……

程蓉蓉哈哈一乐：小心眼！告诉你，这跟爱情无关！

张伟明下意识地往坡上看了一眼：同学，低调低调！哼，难说能不能考上呢！

程蓉蓉：你！

镇江 街景　夜　外（空镜）

镇江 某大厅　夜　内

［大厅里音乐悠扬。横幅上写着：农兴有限公司成立酒会。］

［潘总神采飞扬，与宾客们碰杯，接受人们的祝贺。］

［赵亚夫和黄宝华站在角落，手里端着酒杯。赵磊边走边跟客人们寒暄、碰杯，他看见了不远处的父母，走过去。］

［赵磊走到父母面前。］

赵磊：爸、妈，谢谢你们能来。

赵亚夫：赵磊，做自己想做的事情，爸爸妈妈支持你。爸爸希望，你能把事情做好、做长久。

［赵磊点点头。］

［潘总端着酒杯过来。］

潘总：赵主任能来，是我们今天活动最大的收获，谢谢，谢谢！以后肯定有麻烦赵主任的地方，赵总，你说是不是？

［赵磊"哦"了一声。］

潘总：我敬二老一杯！

［潘总将杯里的酒一饮而尽。］

［赵磊如坐针毡。］

［黄宝华抿了一口酒。］

［赵亚夫端详着酒杯里红色的液体。］

句容 通往戴庄的县公路 面包车　日　外

［一辆面包车行驶在通往戴庄的县公路上。］

［车内，刘学宁开车，赵亚夫坐在副驾驶座上。］

刘学宁迟疑了一下：赵主任，有件事向您汇报一下。

赵亚夫：什么事？

刘学宁：今年的职称评审又要开始了。

赵亚夫：该评你就评啊！

刘学宁：我整理了一下资料，发现还缺一篇论文。

赵亚夫：那你赶紧写。哎，想到写什么没有？

刘学宁：还没呢。

赵亚夫：学宁，你跟着我这么多年，可写的东西很多，你想好了写什么告诉我，我给参谋参谋。

刘学宁：赵主任，都是你带着我们干的，你都没怎么写，我哪能……

赵亚夫：学宁啊，你想得太多了，写，尽管写！我呢，就多给农民兄弟们写点辅导材料。

［后视镜里，刘学宁动容的脸。］

［面包车驶去。］

戴庄　村道　日　外

［面包车行驶在村道上。］

［车内，赵亚夫不经意地偏头看车窗外。］

赵亚夫看见：田埂上，戴有富、戴春生父子俩背着喷雾器，一前一后往前走。

赵亚夫：停车。

［面包车停下。］

戴庄　戴有富责任田　日　外

［这里栽上了越光水稻。］

［戴有富父子俩背着喷雾器走在田埂上。后景里，赵亚夫、刘学宁从面包车上下来。］

赵亚夫：老戴，老戴……

［戴有富停步转身。］

［赵亚夫、刘学宁小跑着过来。］

戴有富：赵主任，您慢点，慢点！

［赵亚夫、刘学宁来到戴有富父子俩面前。］

赵亚夫：老戴，你这是？

戴有富：给越光水稻喷点农药，生虫了。

赵亚夫：要喷农药，你们也得戴上口罩啊！

戴有富：没那么讲究。现在太阳好，喷农药效果好。赵主任，你们先到别处转转，等我们喷完药，到家喝茶。

赵亚夫：老戴，这药不能喷！

［戴有富上上下下打量着赵亚夫。］

［赵亚夫被戴有富看得有点不自在。］

戴有富用手比画了一下：插秧的时候，你说要留这么大的间距，赵主任，你是专家，我听你的。

［赵亚夫微笑着听戴有富数落。］

戴有富：人病吃药，庄稼生虫洒农药，这总不会有错吧？

刘学宁：我们要生产绿色大米，必须严格按照生产绿色食品的要求去做，不能施化肥，农药更不能用，一点都不能！

戴有富：那就放着小虫子不管？

戴春生：爸，你就别固执了，听赵主任的没错。

戴有富没好气：我种了一辈子的地，用得着你插嘴！

赵亚夫：老戴，你的心情我能理解。可是……

戴有富：赵主任，稻子长势这么好，要是被虫子糟蹋了，我心疼！

刘学宁：哦，老戴，要是赵主任和我今天不来，你的洋相可就出大了！

戴有富：怎么？

刘学宁：过几天有记者采访，我们是来通知你做好准备工作的。赵主任打算从现在起就开始宣传越光水稻。

戴有富：我才不管谁来呢！那你们说怎么办吧！

赵亚夫：为了保证稻米的品质，我们宁可减产！要是这两天能下场暴雨，雨水一冲，虫害就能减轻不少。

［戴有富抬头看天，强烈的阳光刺得他睁不开眼睛。］

［蓝天上飘着朵朵白云……］

镇江 赵亚夫家 厨房　夜　内

［赵亚夫在砂石上磨着他那把剪刀。］

［后景，黄宝华抹着桌子，不时向这边看一眼。］

戴庄 葡萄园　日　外

［赵亚夫、刘学宁、张伟明从葡萄架下走过。］

［赵亚夫边走边说着什么，双手比画着。］

戴庄 学校教室　夜　内

［赵亚夫给村民们做讲座。］

［村民们聚精会神地听着。］

［赵亚夫投入地讲授。］

戴庄 谢春兰桃园　日　外

［赵亚夫给谢春兰做示范，修剪桃树。］

［戴水根在后景捡拾修剪下来的桃树残枝。］

镇江 赵亚夫家 书房　夜　内

［赵亚夫坐在电脑前，入神地看着电脑屏幕。］

戴庄 戴有富责任田　日　外　雨

［赵亚夫、刘学宁、张伟明、戴有富父子站在田边，看着长势喜人的越光水稻。］

［赵亚夫的手轻轻掠过稻秆，像是轻抚着自己孩子的头。］

（本场可考虑雨天实景拍摄）

句容 田野　日　外

［赵亚夫背着他的双肩包，跋涉在句容的田野上。］

［赵亚夫的双脚踩在句容坚实的大地上。］

戴庄 谢春兰果园　日　外

［果园里，硕果累累……］

（音乐上）

戴庄 稻米加工厂　日　内

［机器运转，雪白的大米从机器里吐出来。戴春生操作机器。］

［戴有富捧起一捧大米走到赵亚夫面前。］

戴有富：好米，好米啊！

［赵亚夫撮起几粒大米，放进嘴里咀嚼着。］

戴有富：赵主任，以后你让我种砖头，我都种！

［站在一边的刘学宁和张伟明相视一笑。］

赵亚夫：老戴，你今年种了 3 亩的越光水稻，亩产 600 千克，总产量差不多二十00 千克。

戴有富：是，是，是。

赵亚夫：你家每年需要多少口粮？

戴有富：现在生活越来越好，吃菜多吃米少，再说，我们家人口少，一年有七八百斤够了。

赵亚夫：余下的呢？

戴有富：好办，今年吃不了，明年继续吃。

赵亚夫：那你明年种不种越光稻？

戴有富：这个……

［赵亚夫看着戴有富。］

戴有富一拍脑袋：我卖余粮！8 块钱一斤！赵主任你说过，8 块钱一斤，嘿嘿……可是，卖给谁呢，卖给谁呢？

［刘学宁与张伟明面面相觑。］

［赵亚夫略一凝神，走出加工厂大门。］

［刘学宁和张伟明跟着走出去。］

戴庄 水库边　日　外

[赵亚夫走向水库边，刘学宁、张伟明跟在他身后。]

[赵亚夫在水库边停下脚步，默默地看着水面。]

[水面一片平静。]

[赵亚夫慢慢转过身。]

赵亚夫：说到底，还是那两个字——市场。

[刘学宁点点头。]

赵亚夫：二十年前，我们不知道市场，更不懂市场，一下子扩种了那么多草莓，没想到……

[张伟明看着赵亚夫。]

赵亚夫：现在想起来，心里还隐隐作痛。

[赵亚夫微微仰起头，视线似乎看回到了二十年前的谢塘……]

谢塘 村民　日　外（闪回）

[一个村民挑着草莓跑过；]

[一个村民脸盆里装着草莓，双手抱着，跑过；]

[一个村民抱着草莓藤，上面有未摘的草莓，跑过。]

[村民们将草莓运向村巷深处，神色焦急，脚步零乱。]

[村巷深处，一辆卡车停在那里，车厢里装满了草莓。]

[村民们不断涌过去。]

司机站在人堆中间，声音带着哭腔：大家别来了，装不下啦！

[村民们情绪激动，把质问、哭诉甚至是谩骂一股脑儿地倾泻到司机身上。]

村民甲：我用口粮田种的草莓，这可怎么得了？

村民乙：人呢，怎么没人管呢？

村民丙：骗子！你们是一群骗子！

[司机双手抱头，试图阻挡住来自四面八方的口水唾沫。]

谢塘 春兰家 门前 日 外

[赵亚夫、刘学宁、谢树青急匆匆从春兰家门前经过。]

[赵亚夫铁青着脸。]

[场院上的那几只羊叫唤着，声音有些刺耳。]

刘学宁恳切地喊了一声：所长！

[赵亚夫停下脚步。]

刘学宁：所长，你现在不能去！

赵亚夫：……

刘学宁：大家情绪都不对，你现在去，不知会惹出什么乱子。

赵亚夫：那我们就躲，就藏，就再也不见谢塘的村民？

刘学宁：这样吧，我去！

谢树青故作轻松：你们都别去了，还是我去。乡里乡亲的，我解释几句，大家就散了。

[赵亚夫径直往前走。]

[小春兰从家里跑出来，目送着离去的3人。]

谢塘 村巷 日 外

[司机阻挡不住，他爬进驾驶室，发动汽车，按响汽车喇叭。]

人群更加骚动起来：别让他走，别让他走！

[一中年妇女将装有草莓的竹篮掼到地上，一屁股坐下去，挡在卡车前面。]

中年妇女：没法活了，没法活了——

[忽然，人群分开一条道，赵亚夫、刘学宁、谢树青走进来。]

[众人安静下来。]

赵亚夫环视了一下众人：是我们考虑得不周到，让大家遭受损失了，在这里，我给大家道个歉，对不起！

[赵亚夫深深地鞠躬。]

[刘学宁敬佩地看着赵亚夫。]

[村民全都盯着赵亚夫，眼神里满是迷茫。]

[谢树青扶起那个瘫坐在地上的中年妇女。]

赵亚夫：大家放心，我们一定尽最大努力，把大家的损失降到最低！

[村民们眼睛里流露出希望。]

（闪回止）

戴庄 水库边　日　外

[赵亚夫叹了一口气，一副心有不甘的样子。]

[张伟明看着赵亚夫，欲言又止。]

刘学宁宽慰赵亚夫：后来，市里、县里方方面面都想了一些办法，还是挽回了不少损失的。

[赵亚夫耳边似乎响起急促的电话铃声。]

农科所 赵亚夫办公室　夜　内　（闪回）（停机再拍）

赵亚夫站着打电话：你准备生产草莓酒？好，好，太好了！

赵亚夫坐着打电话：可以生产草莓罐头？谢谢，谢谢！

[赵亚夫披上衣服，疲惫地走出办公室。]

戴庄 水库边　日　外

刘学宁：这是为发展付出的代价。

赵亚夫：那时候，我们做得不好，可能还能找到一些解释的理由，但我们不能自我安慰。现在，我们要更加尽心、尽责、尽力地开展各项工作。

[张伟明两眼热切地望着赵亚夫。]

赵亚夫：我想，我们要帮着老戴、春兰他们寻找市场，更要让他们自己走到市场中去。

镇江 西津渡　街区　日　外

[一只电饭煲"突突突"地往外冒着蒸汽。]

[西津渡游人如织。街道两侧摆了两长溜电饭煲。赵亚夫带领戴春生、张伟明、谢春兰、刘学宁等人在这里宣传推销越光大米。]

赵亚夫：走过路过别错过，越光大米，环保、绿色、零化肥、零农药。诸位可以尝尝，保管你吃了一碗，还想再来一碗。越光大米，戴庄出品的有机大米，欢迎各位莅临品尝！

[不断有游客聚集到各个电饭煲摊点，或咨询或品尝用越光大米烧的饭粥。]

[透过攒动的人头，张伟明的眼睛看向赵亚夫。]

[赵亚夫向面前的游客讲解着。]

张伟明很不自然地喊出声：越光大米——

镇江　西津渡入口　日　外

[赵磊急匆匆地走进入口。]

镇江　西津渡街区　日　外

[程蓉蓉袅袅婷婷地走到张伟明面前。]

张伟明意外：你，你来干什么？

[程蓉蓉凑到张伟明耳边，压低声音。]

程蓉蓉：想不想——开个夫妻店？

张伟明一下子慌乱起来：别，别闹！

[程蓉蓉得意地笑了。赵亚夫从饭煲里盛出一碗稀饭，递给面前的游客，一抬头，看见谢树青走过来。]

赵亚夫：树青，你怎么来了？

谢树青：赵主任，这两天广播电视里全是你们推销越光大米的事，场面这么大，我过来凑凑热闹。

[赵磊走在西津渡的街区里。]

[赵磊从镜头前划过。]

程蓉蓉：我被录取了！

张伟明：什么岗位？

程蓉蓉：法院。

张伟明：祝贺祝贺！

程蓉蓉：张书记，你可要努力工作哦。你要是有渎职行为，万一落在我手里，哼哼，你就死定了！

张伟明酸酸：赶紧弄明白你的法律条文吧！

程蓉蓉：我有的是时间。

［赵磊在街区里走着，他停下脚步。］

［赵磊看见，赵亚夫与谢树青热烈地交流着。］

［赵磊迟疑了一下，转身离开。一顾客将碗递还给赵亚夫。］

顾客：赵主任，这米不错，嗯，真的很好。

赵亚夫：谢谢，谢谢！

［顾客离去。］

谢树青羡慕：赵主任，你这是为戴庄站台赚吆喝啊！

赵亚夫：我这是吃一堑长一智。

谢树青：我知道，谢塘伤了赵主任的心。

赵亚夫：不，树青，是我亏欠谢塘的乡亲，有一段时间我真怕到谢塘去。

谢树青双眼一热：赵主任，来谢塘吧！再为我们谢塘吆喝吆喝！

赵亚夫微微一笑：树青，你也来碗越光大米粥吧。

［谢树青应了一声。赵磊从张伟明摊点前走过。］

［张伟明站在那里发呆，程蓉蓉用胳膊肘捅捅他。］

张伟明惊醒过来：哦，你什么时候去报到？

程蓉蓉：我问你呢！走还是留？你决定了没有？

张伟明：我……我不知道。

［张伟明耷拉下脑袋。］

程蓉蓉：你这是怎么回事？我不信你这样能把大米卖出去。

［张伟明轻轻叹了一口气。］

［程蓉蓉看了一眼张伟明，亮开嗓门。］

程蓉蓉：大米，越光大米！环保绿色、零化肥、零农药——

镇江 街景 夜 外 （空镜）

镇江 赵亚夫家 客厅　夜　内

［赵亚夫推开门进来，嘴里哼着小曲。］

［赵磊从沙发上站起身。］

赵磊：爸。

赵亚夫：小翔呢？又没让他来？

赵磊：爸，今天生意不错吧？你们真会找地方。

赵亚夫：你去西津渡了？那怎么不过来？

赵亚夫：你要是帮我喊两嗓子，说不定能多卖些大米呢！

赵磊：爸！我的赵主任，你说你——爸，你要是缺钱，我给！

赵亚夫：我不缺钱，就赚个吆喝。

赵磊：那好，你到我公司来，帮我吆喝。

赵亚夫：不去。

赵磊：为什么？

赵亚夫：你那边人少，冷清，我这边人多，吆喝得带劲、热闹，嘿嘿……

赵磊：爸！

［赵亚夫哼着小曲进了书房。］

黄宝华从厨房里探出头：赵磊，你就断了这个念头吧。

［赵磊一屁股坐到沙发上。］

句容 农科所门口　晨　外

［刘学宁急匆匆从农科所里走出来。］

［赵亚夫等候在农科所门口。］

［刘学宁来到赵亚夫跟前。］

赵亚夫：学宁，我们赶紧走吧。

［刘学宁面露难色。］

赵亚夫：有事啊？那好，我一个人去。

刘学宁：赵主任，这一段时间我恐怕不能陪您了。

赵亚夫：所里有工作安排，你就先忙这边的。

刘学宁：职称申报材料催得紧，我要赶着把论文写出来。

赵亚夫：这是大事，不要耽误了。

刘学宁叹了一口气：赵主任，您把论文写在大地上，我就只能写在纸上了。

赵亚夫一愣，随即打圆场：一样一样。哦，学宁，你写的什么内容？

刘学宁犹豫了一下：我——是转基因方面的内容，现在这个比较走俏。

赵亚夫：蛮好蛮好。

［刘学宁转身走进农科所大门。］

［赵亚夫轻轻叹了一口气。］

赵亚夫：可惜了。

句容 通往谢塘的县公路　　日　　外

［一辆巴士行驶在县公路上。］

［车上，赵亚夫坐在一个靠窗的座位上，闭目养神。］

谢塘 巴士站　　日　　外

［张伟明和程蓉蓉向公交车站走来，他们手里拿着行李。］

［二人停下脚步，默默伫立。］

［不断有车辆驶过。］

张伟明：还会再来谢塘吗？

程蓉蓉：再来我就是观光客了。

张伟明：用不了多久，戴庄也会成为观光休闲的好地方。

程蓉蓉：明年，戴庄的草莓长得怎样？

张伟明：应该很好。

程蓉蓉：我想吃。

张伟明：那我快递给你。

程蓉蓉：我还是自己来吧，我喜欢现摘现吃。

［张伟明笑了。］

［传来汽车喇叭声，赵亚夫乘坐的那辆巴士驶过来。］

谢塘 巴士内　日　外

［巴士到站，刹车的颠簸惊醒了赵亚夫。］

［赵亚夫起身下车。］

谢塘 巴士站　日　外

［张伟明、程蓉蓉等在车厢门口。］

［车门打开，赵亚夫下车。］

张伟明：赵主任！

程蓉蓉：赵主任！

赵亚夫：伟明，小程！

［张伟明上前搀扶赵亚夫。］

［片刻后，巴士启动，开走。显然，程蓉蓉已经坐车走了。巴士站只剩下赵亚夫和张伟明。］

赵亚夫：小程考上了公务员。那，伟明，你什么时候走？

张伟明：我……

赵亚夫：上个月，我遇到镇上的王书记，他说你交了辞职报告，镇上已经批了，同意你走。

张伟明：赵主任！

赵亚夫：我这肚子里一直打鼓，伟明怎么还不走呢？

［张伟明语塞。］

赵亚夫沉吟了一下：伟明，跟你说说我自己的事吧。

［张伟明看着赵亚夫。］

赵亚夫：二十岁那年，有一天，我去医院取药，看到病床上、走廊里，不管是病人还是家属，一个个都面黄肌瘦的。不一会儿，就有三个病人咽气了，耳边哭声不断。他们绝大多数是农民，苦哇！

［张伟明默默地听着。］

赵亚夫：记不清是哪一年了，一个偶然的机会，我帮一个生产队改良了一个粮食品种，他们增产了。我是坐船离开的，河两岸站满了送我的人，那

| 169

天我掉泪了。我只是干了自己的本职工作，可是，他们让我终生难忘，也让我一辈子记挂他们。

［张伟明慢慢低下头。］

赵亚夫：我是学农的。我的同学们觉得要跟农业、农村、农民打交道，有不少人退学、改行。毕业后，我直奔这条路来了，一干就是五十年。看来，我要一条路走到底喽。

［张伟明抬起头，眼睛看着赵亚夫。］

赵亚夫：伟明，选择什么不重要，重要的是让我们的选择变得有意义、有价值。

［张伟明思索着。］

赵亚夫：哦，伟明，谢书记在等我，我先走了。

［张伟明欲言又止。］

［赵亚夫背着他的双肩包，迈步向前走。］

［张伟明看着赵亚夫的背影。］

［赵亚夫向前走着。］

张伟明：赵主任！

［赵亚夫停步转身。］

［张伟明撒开腿，向赵亚夫跑去……］

谢塘 村委会前　日　外

［谢树青带着笪白云、王柏生等草莓种植大户等候在这里。］

［赵亚夫和张伟明走进村委会大院。］

［众人迎上去。］

［赵亚夫微笑着，打躬作揖。］

谢树青：赵主任，这几位都是最早跟您种草莓的。

赵亚夫：记得，记得。

［赵亚夫与草莓种植户交流。］

［草莓种植户向赵亚夫诉说着什么。］

［谢树青欣慰地看着。］

[张伟明取下赵亚夫的双肩包挎在手上。]

谢塘 草莓大棚　日　外

[赵亚夫、张伟明、谢树青站在卓莓大棚旁。]

赵亚夫感叹：都是老朋友，还是那份情谊啊！

谢树青：他们是最早种草莓的，是谢塘先富起来的人。草莓产量过剩的时候，赵主任帮着找销路，又带领他们搭大棚，种植反季节草莓，联系让他们去日本学习，更是让他们大开眼界，他们不会忘了赵主任您的！

赵亚夫：有些事逼得你不得不想，不得不做。哦，树青，你说的发展瓶颈在哪儿呢？

谢树青：赵主任，我就是想请您帮我们把把脉。

赵亚夫：树青，我建议成立合作社！

谢树青狐疑：合作社？

赵亚夫：这跟新中国成立初期的合作社有着本质上的区别。我们不能满足做单一的生产基地，要把生产、加工、营销、流通、市场融为一体，打造一个全方位有实力的平台。通过这个平台，让谢塘的全体村民得利。

谢树青：是啊，我们不能老是把眼睛盯着那些基础好、有能力、先发展起来的村民。

[赵亚夫环视了一下四周。]

赵亚夫：要是我没记错，应该就是这儿吧！

谢树青：什么？

赵亚夫沉浸在往事里：搭建这些草莓大棚的时候……

谢塘 工地　夜　外（闪回）

[赵亚夫指导村民们搭建草莓大棚。]

[戴水根和一个小伙子抬着一根钢梁走过来。]

一村民：水根，你小子够精明的。

戴水根：怎么了？

村民：帮老丈人家搭大棚，一是表现给春兰看，最主要的还是想偷学草莓种植技术吧?

戴水根：谢塘能种草莓，我们戴庄也能种，赵所长，你说是不是?

赵亚夫：当然能种，我支持!

[开始起吊钢梁。]

[谢树青指挥起吊，刘学宁在一旁有些担心地看着。]

[忽然，吊起的钢梁滑落。]

[钢梁砸向刚才那个村民。]

谢树青：小心!

刘学宁：快躲!

[戴水根猛地推开那个村民。]

[钢梁砸向戴水根……]

[赵亚夫痛苦地闭上眼睛……]

谢塘 草莓大棚　日　外

谢树青：命虽然保住了，人却成了现在这个样子。

赵亚夫：苦了春兰了……

谢树青：春兰这丫头，谁的话都不听……水根出院没多久，他们就结婚了。

谢塘 春兰家　日　外（闪回）

[身穿结婚礼服的谢春兰慢慢移步出了家门。]

[戴水根站在场院里迎候谢春兰。谢春兰走向戴水根。]

[戴水根目光游离，面无表情。]

[谢春兰泪流满面。]

谢塘 草莓大棚　日　外

赵亚夫：像春兰、水根这样的家庭，更需要合作社。发展好了，日子一天比一天好，我们更不能忘了他们。

[谢树青点点头。]

张伟明：赵主任，我们戴庄也应该成立合作社！

[赵亚夫欣慰地看着张伟明。]

镇江 赵亚夫家楼下　夜　外

[赵磊从单元的门洞里走出来，门在他后面很重地关上了。]

[显然，赵磊喝酒了，他晃晃悠悠地往前走。]

[赵亚夫迎面走来。]

[父子俩擦肩而过。]

赵亚夫：赵磊！

[赵磊没有理睬，继续往前走。]

[赵亚夫又喊了一声。]

赵磊一扬手：别管我，别管我——

[赵亚夫不解地看着儿子的背影。]

镇江 赵亚夫家 客厅　夜　内

[黄宝华在收拾餐桌。]

[赵亚夫开门进来。]

赵亚夫：赵磊怎么了？

黄宝华没好气：你自己问他去！

赵亚夫：你们娘儿俩这是唱的哪出？

黄宝华叹了口气：赵磊他们做生意亏了。

赵亚夫：什么？

黄宝华：赵磊说，他不要你帮忙，就想你能听他倒倒肚子里的苦水，可左等右等你不回来，他就一个人喝了点。

赵亚夫：这小子！

[赵亚夫扔下双肩包，出门而去。]

镇江 赵亚夫家楼下　夜　外

[赵亚夫急匆匆从单元门洞里出来。]

［早已看不见赵磊的身影。］

［赵亚夫呆立在那里，脸上充满愧疚。］

戴庄 谢春兰家　日　内

［谢春兰坐在桌前绣十字绣。］

［戴水根笑哈哈地进来，他臂弯里抱着两只洁白的小羊羔，赵亚夫和黄宝华跟在他身后。］

［谢春兰惶恐地站起身。］

谢春兰：赵主任？

赵亚夫：春兰，这是你的黄阿姨，一定要来看看你，她是学畜牧专业的，挑了两只羊送给你。

谢春兰：谢谢黄阿姨！

［戴水根抱着羊出门。］

［黄宝华走过去，拿起十字绣打量着。］

黄宝华：春兰手真巧。

［谢春兰不好意思地笑了。］

戴庄 学校教室　日　内

［教室里坐了不少村民。张伟明站在讲台上。］

［张伟明环视了一下台下。］

张伟明：今天请大家来呢，就是要商量一下成立戴庄有机农业合作社的一些事。大家有什么想法，尽管说，有什么建议，尽管提。

［村民们交头接耳。］

张伟明：总之，这个合作社是为大家服务的，是我们戴庄大发展的发动机。

［村民们讨论热烈起来。］

戴庄 谢春兰家　日　内

［赵亚夫和黄宝华已经落座。］

谢春兰意外：我能参加？

［赵亚夫肯定地点点头。］

谢春兰：我们家劳力少，家底又薄，不会拖累别人吧？

赵亚夫：你不用担心，只要是戴庄村民，都可以参加这个合作社。

［黄宝华鼓励地看着谢春兰。］

戴庄 戴有富家　日　内

［戴有富喝酒，他透过酒杯的杯口，瞟了一眼坐在对面的戴春生。］

戴春生着急：爸，我说的你都听明白了吗？

戴有富慢条斯理：不就是合作社嘛，不着急，不着急。

戴春生：爸，你现在不慌不忙，别到时候后悔。

戴有富：我不凑这个热闹。有好事，你关照一下不就行了！

戴春生：不行！我们有章程，有管理办法，做事一定要公平合理。

戴有富"啪"地搁下筷子：你小子胳膊肘怎么不往里拐呢？

戴春生：爸，改改你贪小便宜的毛病吧！

［戴春生出门而去。］

戴有富：合作社理事，算不算当官的还不一定，冲我吆五喝六，嗤！

［戴有富继续喝酒。］

戴庄 谢春兰家　日　内

［戴水根抱着一只羊羔进来，径直走到谢春兰身边。］

［戴水根将羊羔递给谢春兰。］

［谢春兰接过羊羔，抱在怀里，像是抱着自己亲生的孩子。］

［谢春兰的手轻轻摩挲着羊羔。］

［赵亚夫和黄宝华对视一眼，他们眼神里充满怜惜、关爱。］

［戴水根忽然扭头冲赵亚夫笑了。］

戴水根：我认识你，我认识你……

镇江 街景 夜 外（空镜）

镇江 赵亚夫家 储藏室 夜 内

［黄宝华的手打开一个鞋柜，里面露出一排那种适合在野外工作穿的鞋。］

［黄宝华看着鞋柜里的鞋。］

［黄宝华伸手欲取鞋，但拿不定主意到底拿哪一双。］

客厅里传来赵磊的声音：爸——我妈呢？

［黄宝华关上鞋柜。］

镇江 赵亚夫家 客厅 夜 内

［赵磊打开一只鞋盒。］

［黄宝华从储藏室出来，眼睛一亮。］

黄宝华：赵磊，给你爸买鞋了？我正替他找呢。

［赵亚夫坐在沙发上看报纸，抬起头。］

赵磊：我知道，我爸就是费鞋。

［赵磊拿着鞋走向赵亚夫。］

［黄宝华看赵磊走到赵亚夫面前。］

［赵磊将鞋放到赵亚夫脚边。］

赵磊：爸，你试试。

［赵亚夫试穿新鞋，片刻后，他抬起头。］

赵亚夫：要不，这两天我练练酒，过些日子我陪你喝？

赵磊有些不好意思：爸！

［黄宝华扑哧一声乐了。］

戴庄 现代农业示范点 日 外

［在现代农业示范点的绿地上搭起一个简易的舞台，横幅上写着：戴庄有机农业合作社成立大会。］

［台下，前排一溜长条桌，上面铺着绒布。外请的客商们坐在桌后，面前

放着文件夹，显然，他们正等待签约。〕

〔村民们自带凳子，散落地坐在台下，有些村民干脆就站在那里。〕

〔围绕着会场插满彩旗。充气拱门横跨会场入口处。〕

〔几个小伙子欢快地敲锣打鼓。〕

〔锣鼓声戛然而止后，一个领导模样的人走上舞台，站到麦克风后。〕

领导：各位来宾，各位村民朋友们，很高兴能参加戴庄有机农业合作社成立大会，在此，我表示热烈祝贺！戴庄有机农业合作社内涵丰富，领风气之先，具有很强的可操作性。在戴庄，它是合作社；走出戴庄，它就是"戴庄模式"，具有广泛的推广意义。

〔村民们认真听着。〕

〔赵亚夫和张伟明站在舞台一角，两人会心地对视一眼。〕

领导：有机农业合作社成立了，我对戴庄的未来更加充满希望！

〔村民们鼓掌。〕

领导：在戴庄有机农业合作社成立之时，我们不能忘了一个人，他就是赵亚夫同志！

〔掌声更为热烈。〕

〔在掌声中，赵亚夫走到麦克风后，他环视了一眼台下。〕

赵亚夫：我学的是农业，在农村工作，为农民服务，这是我的荣幸，也是我的理想。我希望自己能一直干下去，而且一定要干好！

〔戴春生听着。〕

〔谢春兰听着。〕

赵亚夫：一晃五十多年过去了，今天，在这里，我要感谢大家对我的理解、支持和爱护，谢谢！

〔赵亚夫深深地鞠躬。〕

〔掌声如潮。〕

〔张伟明鼓掌，眼神里充满敬意！〕

赵亚夫：我宣布，签约仪式开始！

〔鞭炮炸响……戴春生坐到一个美女客商面前，两人四目相对，都愣住了，片刻后以笑化解了尴尬。〕

美女：你一走，怎么一点消息都没有？

戴春生讪讪：我编了很多信息，可惜一条都没发出去。

美女：哦，我开了一个水果连锁店，需要一个物流主管。

戴春生：合作社刚成立，急需一名公关经理，我们正准备在网上全国招聘呢，有兴趣吗？

[美女浅笑。]

[戴有富走到戴春生身边，用胳膊肘捅捅他。]

戴有富：我想通了，办吧。

戴春生冷冷：办什么？

戴有富：入社手续啊。

戴春生：我们研究研究。

[戴有富刚想发作，看了一眼对面的美女，像是发现了什么。]

[美女专心地看着文件夹里的合约文本。]

戴有富面露喜色：手机借我用用。

[戴春生不耐烦地把自己的手机递给戴有富。]

[戴有富摆弄了几下手机，打开屏保。]

戴春生：爸，我这儿忙着呢，你的事待会儿再说。

[戴有富不动声色地将手机放到美女面前。]

[美女看手机。]

[戴春生的手机屏保用的是这个美女的一张照片。]

戴有富：春生经常看这个，他说，好看！

[美女抬眼看戴春生。]

[戴春生不好意思地低下头。]

戴有富：姑娘，你不如到戴庄来工作。春生现在是合作社的理事，这事他能办。

戴春生：爸！

[程蓉蓉站在一棵桃树下，眼睛望着会场方向。]

[张伟明走向程蓉蓉，他身后是人头攒动的会场。]

[张伟明走到程蓉蓉面前。]

张伟明：戴庄的葡萄、草莓现在还没熟呢。

程蓉蓉：我有点等不及了。

张伟明：心急吃不了热豆腐。

程蓉蓉：没想到你的现代化农业园区这么快就有模有样了。

张伟明：这才刚刚开始。

程蓉蓉：你一个人忙得过来吗？

张伟明：我聘了不少人，他们按时上下班，我给他们发工资。

程蓉蓉：呵呵，职业农民。……对了，你说过，戴庄会成为度假休闲的好地方。

张伟明：没错，我们正在抓紧完善相关设施。

程蓉蓉：要是我现在过来，住哪儿呢？

张伟明品味着程蓉蓉的话：……现在吗？

程蓉蓉：是的。

张伟明：园区里这么多房子，随便你住。

程蓉蓉指着不远处一排灰色的建筑：就那儿吧，看上去挺不错。

张伟明：你要是住进去，再从里面出来，那就是鸡窝里飞出金凤凰了。

程蓉蓉：为什么？

张伟明：那是我建的鸡舍，养了一群洛克菲勒鸡，哈哈！

程蓉蓉：你！

［赵亚夫站在舞台上，欣慰地看着眼前的一切……］

字幕：

2008 年 5 月 12 日，四川汶川发生特大地震。受江苏省人民政府委派，赵亚夫率领十二名农业专家支持汶川灾后重建。历经三年，他们往返汶川、镇江十八趟，在汶川成功建成了江苏高效农业示范园。

镇江 赵亚夫家 客厅 夜 内

［赵亚夫坐在沙发上翻看一本相册，黄宝华坐在他身边。］

赵亚夫：老伴，时间过得真快，一晃我都七十岁了。

黄宝华：我也六十七喽。

赵亚夫：这一辈子，让你跟着我受委屈了。

黄宝华：夫妻两个，说这个干什么。人要知足。

[赵亚夫的手翻动相册。]

黄宝华指着一张照片：这张是你在日本留学时拍的，四十岁，多精神。

赵亚夫：我现在一样精神！

黄宝华：你别逞能！

[赵亚夫猛地站起身。]

[赵亚夫脸上立即露出痛苦的表情。]

[赵亚夫一手叉腰，身体不由自主地晃动。]

黄宝华赶紧起身，扶住赵亚夫：老赵，你怎么了？

镇江 针灸室　晨　内

[针灸师的手在赵亚夫的腰上轻轻按着。]

[赵亚夫额上挂满汗珠。]

[黄宝华心疼地看着赵亚夫。]

[针灸师用被子盖好赵亚夫的腰，转身出门。]

[站在一边的赵磊跟着出去。]

镇江 针灸室外走廊　晨　内

[赵磊从针灸室里追出来。]

赵磊：医生，医生！

[针灸师停下脚步。]

赵磊：医生，我爸的腰怎么样？

医生：必须马上手术，不然有瘫痪的危险。

赵磊：什么！

镇江 针灸室　晨　内

赵亚夫：老伴，你别担心，不会有什么事的。以后啊，我一定坚持陪你过来针灸。

黄宝华：你呀！

［赵磊进来。］

黄宝华：医生怎么说？

赵磊：爸，你必须马上做手术！

赵亚夫：做手术？做完手术再恢复，那要多少时间？不不不……不做。

赵磊：爸！你要是不做手术，就再也去不了戴庄了！

黄宝华：赵磊，你说什么！

赵磊：不做手术，我爸有瘫痪的危险！

赵亚夫：没……没这么严重吧？

赵磊声音里带着哭腔：爸，你就听我一次，求求你！

黄宝华：老赵！

戴庄 谢春兰果园　日　外

［赵亚夫送给谢春兰的两只小羊羔已经长大了，在果园里吃草。］

［戴水根饶有兴趣地盯着一棵桃树看。］

［赵亚夫坐在轮椅上，赵磊推轮椅，黄宝华跟在一边。］

［赵亚夫深深吸一口气。］

赵亚夫：真好，能来果园真好！

赵磊：爸，等你腰好了，天天都来，我不拦你。

黄宝华：我陪你。

［谢春兰从桃树间跑过来，她手里拿着一幅十字绣。］

［谢春兰来到赵亚夫面前。］

黄宝华：春兰，老赵说，动手术之前一定要来你的果园看看。

谢春兰：赵主任，您都这样了，还……

赵亚夫：不知道要在医院躺多久，心里不踏实啊！

谢春兰哽咽了：赵主任！……赵主任，跟了您这么多年，我学到了不少东西，也懂得了不少。以后，您就在家里多歇歇，要是有什么问题，我就打电话给您。

[赵亚夫微微点了一下头。]

[戴水根突然扭头冲这边，笑了。]

戴水根：我认识你，我认识你……

谢春兰抹一把眼睛，脸上露出微笑：赵主任，您做给我们看，带着我们干，帮着我们富，却从来不喝我们一碗水，不吃我们一口饭，我们心里……真没什么合适的东西送给您，想来想去，我就绣了这幅十字绣。

[谢春兰打开手里的十字绣。]

[一幅精美的十字绣作品！上面大小不一，字体不一样的"寿"字，表达了无限的感谢，无限的祝福，无限的爱……]

[赵磊眼里闪动着泪花。]

[黄宝华的泪水夺眶而出。]

谢春兰：赵主任，您就用它挡挡风寒吧。

[谢春兰将十字绣轻轻盖到赵亚夫腿上。]

[赵亚夫强忍住自己的感情。]

赵亚夫：春兰，谢谢，谢谢你，谢谢你们……

[在绿树的环抱中，满是"寿"字的十字绣盖在赵亚夫腿上，他静静地坐在轮椅上，其他人静静地围绕在赵亚夫身边……]

字幕：

2016 年 4 月，赵亚夫在苏北人民医院成功做完腰部手术。

滚动字幕：

（以相关照片及视频资料为封底）

赵亚夫先后获得——

2010 年，全国劳动模范；

2013 年，第十二届全国人大代表；

2014 年，全国"时代楷模"；

2015 年，第五届全国道德模范；

……

剧终

枪不打四

饭店　日　内

[餐馆内，四位食客正在聚精会神地玩着掼蛋，四人连续性出牌，正到了要决定胜负的关键时刻。]

阿金在旁边大喊：你到底会不会玩啊，枪不打四，玩不懂也听得懂吧？你为什么要出三带二？（转向另一人）还有你啊，刚刚进贡给你的大王，你怎么不出啊？留在手里干吗呢？虽然是饭前娱乐一把，但也不能那么不专业啊。来，你起来，我来教你。（阿金边说着边上手准备抢牌）。

有一位食客忍不了了，怒道：到底是我们玩还是你玩啊，是不是欠揍？再说你是干什么的？赶紧上菜去。

阿金：哎，你说话不要那么拽哦，我这也是帮你，不收你们钱就不错了。

[食客拿起凳子就准备砸阿金。]

[阿金下意识吓得身子一缩，瞬间怂了。]

[食客们哈哈大笑。]

在阿金十分尴尬之际，老板在后厨朝他吼道：阿金！死哪去了？还不滚回厨房给老子炒菜！

阿金只好灰头土脸、有气无力地应了一声：来了。

[阿金说完，垂头丧气地朝店后边走去。]

那个要拿凳子砸阿金的食客更是带头起哄：我当你是赌神呢！原来是个厨子！

[食客们又是一阵哄笑。]

南京某证券交易所　日　内

[交易所里一片忙碌景象。]

[显示牌前，交易员们聚在一起看大盘的涨落，随着指数的不断下落，众人纷纷哀号。]

[与此形成鲜明对比，连蒙蒙坐在电脑前，一脸轻松地喝着咖啡，看着抓狂的同事们，嘴边发出一声轻笑。]

交易员A（眼神看向连蒙蒙）：哎，你看，A股一路飘绿，咱们那位"独行侠"还一脸轻松，没事似的。

交易员B：人家早就把资金从A股转到美股去了，这女人厉害着呢。

交易员C：她这么厉害，你还不去娶了她。

交易员B：别别别，我可不配。

交易员C：你敢吗？

交易员D：您还是饶了我吧。

交易员A：来来来，打牌打牌。

[4个交易员围在一起打牌，连蒙蒙看了四人一眼，眼里充满了鄙夷。]

[4人打的是一种名为"掼蛋"的纸牌，一时间吵吵嚷嚷。]

[突然，桌上的纸牌被抓起来扔到了地上。]

[4人惊愕抬头一看，只见连蒙蒙怒气冲冲地站在他们面前。]

交易员A：连蒙蒙，你干吗！

连蒙蒙鄙夷：你们说我坏话就算了，还在这里玩牌，把这里当公司了吗？

交易员C：现在是吃饭时间，饭前不掼蛋，等于没吃饭，你没听过吗？

交易员D：连蒙蒙，别以为你业绩好就什么都能耐，论掼蛋你未必玩得过我们！

连蒙蒙：不管玩什么牌，不就是靠算吗？有什么大不了的啊！

交易员A：口气不小，要不这样，我们玩一局，你要是赢了，我们从此就不在公司玩牌怎么样？

连蒙蒙：好，我今天就一挑三，来吧。

[连蒙蒙说着坐在三人对面。]

[三人都愣住了，突然发出一阵爆笑。]

交易员 B：连蒙蒙，你不会连掼蛋是怎么玩的都不知道吧？

交易员 C：掼蛋是两两对家配合着玩的，你这一挑三，算什么？

连蒙蒙：你们也配和我搭档？等你们的业绩有我的十分之一再说吧！

交易员 D：连蒙蒙，你从来都不信别人，总有一天会跌大跟头的！

连蒙蒙：少啰唆，规矩是人定的，我说怎么玩就怎么玩，怎么，不敢啊？

[三人面面相觑。]

交易员 A：好，那我们就三英战，战你连蒙蒙，来！

[四人洗牌，抽牌，一组快速镜头。]

[所有交易员都被吸引过来围在四人身旁，观看这场对决。]

[三个男交易员死压连蒙蒙的牌，但连蒙蒙把三人手中的牌算得非常精准，连蒙蒙接连出了一手好牌，不一会儿就出完了牌，赢得头游。]

[三个男交易员一脸蒙。]

[连蒙蒙一脸得意。]

身后突然传来：不好啦，美股熔断啦！

[交易厅马上变得骚动起来，人们迅速回到自己的座位。]

[连蒙蒙也是突然一惊。]

[一组有关美股熔断的新闻报道剪辑。]

新闻报道：……美股遭逢百年难遇的连续熔断……

[连蒙蒙看着新闻，重重往靠背椅上一坐，一脸蒙。]

饭店后厨　日　内

阿金走进后厨，看了一眼这又油又脏的工作环境，叹了口气：哎，赚钱嘛。

[阿金熟练却没有灵魂地操作灶台，生火炒菜，哪知菜刚炒好装盘。]

老板又跑过来呵斥他：你装盘干吗？这是外卖！成天心不在焉，就知道打牌，赶紧去给我送了！

阿金有点不爽：老板你啥时候能找个送外卖的？

老板：送去掼蛋馆，你去不去啊？

阿金一听，顿时来了精神，兴奋地道：去去去！

［阿金瞬间将菜打包装进塑料袋里扎好，火急火燎地冲了出去。］

老板悻悻道：牌有什么好玩，能赚钱吗？有这个精力，不如去炒股了。

［老板说着打开手机炒股软件，一看股票暴跌，瞪着眼睛差点昏厥。］

社区文化馆　日　内

［大厅内，每四人一桌，有两三桌人正在玩着掼蛋，喊牌出牌声此起彼伏。］

［阿金拿着一份盒饭放在一张牌桌旁，扭头看见连文远在打牌，急忙用围裙擦擦手跑过去。］

阿金来到连文远旁边，笑着说：连叔，打牌呢，手气怎么样？

［坐在连文远对面的，是他的搭档宋医生，他们的对手，是苗叔苗婶夫妇。］

见连文远不搭理他，阿金又说：连叔，您教我玩掼蛋呗。

连文远（打出一组牌）：三带二！你不好好做你的大厨，年纪轻轻，玩啥掼蛋！

苗叔：过。

阿金：连叔，听说这次全国掼蛋大赛有大奖欸，要是我能拿到就好了。

连文远：去去去，见钱眼开，打掼蛋不是为了钱，是为了发扬竞技精神，你懂不懂？

宋医生：过。

苗叔：老连啊，你去参加吧，怎么说，你也是第一届全国掼蛋大赛的亚军嘛！

连文远（急得站起来）：放屁，当年要不是……

［连文远激动得面部颤抖，手握成拳，脑子里（闪回）。］

（闪回）淮安体育场　日　内

［横幅：全国首届掼蛋大赛。］

［字幕：决赛现场。］

［牌桌四周，围着连文远、林立虎这对搭档和对手，四个人手中各捏着几

张牌，眉头紧锁。]

主持人：经过激烈厮杀，终于到了决赛环节，全国第一家掼蛋馆的馆长连文远与搭档林立虎是本次大赛夺冠的大热门，如果他们能胜出，就能夺得掼蛋史上第一位全国冠军，成为载入掼蛋史册的奠基人。

周围观众鼓掌，苗婶和苗叔在一旁手舞足蹈地喝彩着：连馆长，加油！

（特写）：林立虎手中的九张牌，是四张 A 和一组三带二。

主持人：此时，连文远拿到出牌权，他一脸轻松地看着队友林立虎，仿佛猜到了搭档是什么牌，他出牌了。

（特写）：连文远打出一组三带二。

[连文远一脸自信轻松，林立虎看了一眼连文远，眼神中出现了一丝躲闪，在连文远下家不接三带二之后，林立虎打出手中的三带二，还剩下四张牌。]

主持人：连文远成功地把林立虎手中的牌送出去，此时，林立虎手中还剩下四张牌，正是掼蛋中最经典的"枪不打四"局面，一般在这种情况下，这四张牌是一个"炸弹"，意味着对手几乎无法阻止他打完所有的牌，取得胜利。

主持人：看来，比赛已经没有什么悬念了……

[连文远自信地朝阿金和苗婶挥手。]

[林立虎一手牌居然只出了一张单牌 A！]

[对手惊呆了，连文远也惊呆了。]

主持人：什么？这，这说明林立虎手中并不是炸弹？

[对手兴奋，立刻发起猛攻，一连串牌打出去，取得头游。]

主持人：我宣布，掼蛋大赛第一届全国冠军是……

观众大喊：黑幕！黑幕！黑幕！

连文远指着林立虎：你、你——

[林立虎高傲地冷笑了一声，把三张 A 放进口袋，转身离场。]

[对手拥抱欢呼。]

[连文远一阵眩晕，晕了过去。]

黑幕。（闪回结束）

社区文化馆　日　内

宋医生：欸欸欸，老连，别生气，别生气。

苗婶（打出一组牌）：压上！老连，要不你去参赛得了，这一次把冠军奖杯堂堂正正地捧回来！

连文远（坐下来）：我老了，打几局消遣还行，打比赛体力是跟不上了。过。

苗叔：过。

[宋医生犹豫好久也没出牌。]

苗婶：唉，老连，你怎么不把蒙蒙叫回来参赛啊？你不是说她已经得到了你的真传吗？（对宋医生）你要不要啊？

宋医生：过过过……

连文远（得意）：哼，蒙蒙在南京做金融、股票、基金，分分钟几百万进出，二十万算什么！她看不上！

苗叔（笑）：你就吹吧！她不是因为你打牌把身体弄垮了，自从她走了就没回来过。

连文远：胡说八道……前年不是回来过一次。

连文远叹了一声气，把手中的牌全扔桌上，小声嘀咕（改一下台词）：有什么办法让她回来呢？

苗叔苗婶：欸，你怎么耍赖啊！

苗婶对苗叔眨眨眼，对连文远道：我试试？

南京某公寓　夜　内

[连蒙蒙失魂落魄地打开门，回到了自己宽敞但空旷而冷清的单身女子公寓。]

[连蒙蒙转身关上门，一身疲惫地走到沙发旁，将包往沙发上一扔，还来不及换鞋，便颓唐地躺在了沙发上。]

[连蒙蒙一脸憔悴，眼神空洞。]

（闪回）南京某证券交易所交易大厅办公位　日　内

［连蒙蒙给以前的一个客户打电话。］

连蒙蒙：张总，只要能及时补仓，我相信……

［电话挂断。］

［连蒙蒙给另一个客户打电话。］

连蒙蒙：周总，我们合作的时间也不短了，您还不相信我的专业能力吗……周总，周总？

［电话又被挂断。］

（闪回结束）

南京某公寓　夜　内

［躺在沙发上的连蒙蒙，眼神里充满了不甘心。］

（闪回）（第4场）交易大厅　日　内

交易员 D：连蒙蒙，你从来都不相信任何人，总有一天会跌大跟头的！

（闪回结束）

南京某公寓　夜　内

［手机铃声响起，连蒙蒙从包里掏出手机，是苗婶打来的。］

苗婶（画外音）：蒙蒙，我给你寄的家乡炸鸡（可替换淮安当地美食）收到了没？

连蒙蒙（疲惫地躺着接听手机）：收到了，（镜头转到茶几上的炸鸡盒）苗婶，谢谢你。

苗婶（画外音）：蒙蒙，你怎么有气无力的？我给你说件振奋人心的事吧，恭喜你啊，你就快成富二代啦。

连蒙蒙（没好气）：我现在已经是负一代了，负债的负！

苗婶（画外音）：有个大老板看上你家的"掼蛋馆"啦，要花好几百万收购呢。

连蒙蒙：跟我有什么关系？（连蒙蒙突然坐起来）什么？你刚才说什么？

苗婶（画外音）：我说，有个大老板要买你家那个掼蛋馆……

连蒙蒙喃喃自语：这下有救了！

柬埔寨海边　　日　　外

[风和日丽柬埔寨海边]

[一个大游艇，两侧及后面跟着三个小游艇在海上飞驶。（航拍）]

[在豪华大游艇上，林立虎和三个小弟围坐一个方桌，洗牌特写。]

林立虎：来，玩一把掼蛋。

[四人开始轮流拿牌。]

[林立虎拿起雪茄，身边一个小弟 A 赶紧给点上。身边都是穿着暴露的美女，大家搂搂抱抱喝着红酒。]

林立虎：对 K（甩出手里的牌），我就剩最后四张了。

下家小弟 A：对 A。

对门小弟 B：不出。

林立虎看向上家。上家小弟 C 思索了三秒：炸。

林立虎：炸。我出完了。

小弟们：大哥厉害。

林立虎对上家小弟 C 严肃地说：你会不会玩掼蛋呀（一种扑克牌玩法）？枪不打四（一种技法）你不知道吗？你这样让我赢得很没面子。

上家小弟 C 吓得赶紧认错：林总，我错了，我忘了。

[小弟脸上流着汗。]

林立虎笑了：没关系，玩个牌嘛。

[从上衣兜里拿出手绢给小弟擦汗。]

[小弟阿豪在游艇的另一侧，拿着望远镜好像在寻找东西。]

[大家轻松地笑了，小弟 C 接过手绢自己擦汗，这时林立虎突然一巴掌扇向小弟，小弟 C 被扇进了水里。]

林立虎起身：不玩了去做马杀鸡（发音 ma sa ji）。

这时阿豪拿着望远镜走来对林立虎说：林总，金边市的高市长上钩了。

[林立虎拿起望远镜看到：一个柬埔寨人带着美女开小游艇冲浪。]

林立虎对阿豪说：想和我竞争柬埔寨的博彩市场，还嫩了点，阿豪，把他给我抓回来。

[阿豪及四个小弟随即跳进大游艇边上的三个小游艇中朝柬埔寨人方向驶去。阿豪及小弟 A 开着一个游艇，另外两个小弟 B、C 各开着一个游艇。]

[柬埔寨人发现后，驾驶逃跑。]

[阿豪带着三个游艇追……]

[镜头：游艇追逐画面]

游艇内　日　内

[在豪华游艇内，林立虎光着上半身趴在床上，两个穿着暴露的美女给他做按摩。]

阿香：林总，这是今年全国第二届掼蛋大赛的方案，这届掼蛋大赛的规模人数比上届多了一倍，我们已跟主办方谈好了赞助条件，您还有什么要吩咐的？

林立虎：我们要利用这次大赛好好做做文章。

阿香：明白。

[公海上阿豪带着三个小游艇开得飞快，在追逐柬埔寨人。]

[阿豪的游艇最后终于逼近柬埔寨人游艇，这时小弟 A 抢起渔网投向柬埔寨人，将其兜住。柬埔寨人无法继续驾驶游艇，被阿豪及小弟 A 擒住。]

游艇外，阿豪带柬埔寨人回到大游艇上，在门口说：林哥，高棉佬已经被我们抓回来了。

游艇内，林立虎：开到公海，晚上处理他。

豪华游艇内　夜　内

[柬埔寨老千者，被绳子捆在椅子上，头上套着麻袋或黑布袋。]

头上的袋子被摘掉，他脸上青一块紫一块并伴有血迹，上半身也有血迹，喘着气（用高棉语说）：求求你了，放过我吧。

[对面林立虎和四名小弟，林立虎坐在椅子上，小弟站着。背后一个聚光灯亮着。]

林立虎抽着雪茄，对柬埔寨人说：抢了我三个场子，还派人在我场子里出老千。

柬埔寨人：不是我抢你的掼蛋馆，是高市长想要打击你，放过我吧……

［林立虎刚要把雪茄用雪茄刀割灭时，又退了出来，将雪茄刀递给身边的小弟。］

柬埔寨人喘着气（用高棉语说）：不要呀，林总，我再也不敢了。

［小弟走到柬埔寨人跟前，柬埔寨人恐慌到了极点，小弟蹲下，剪掉了他的手指。］

［柬埔寨人疼痛欲裂，啊啊大叫。］

豪华游艇内外　　夜　　外

［苍茫的大海上十分寂静（外景）。］

［林立虎在船头沉思，拿起一盒未开封的扑克。］

［船内手下用瓢从圆桶里舀水泥砂浆，用漏斗插在柬埔寨人嘴里，将水泥砂浆灌入他的体内。］

［柬埔寨人此时已经筋疲力尽，嘴边溢出砂浆，脸上满是血迹。］

［柬埔寨人被放进圆桶，凝固后，小弟们滚着桶。］

［游艇外林立虎在船头沉思，手里除了扑克还多了一张照片。］

［小弟们将凝固的水泥大圆桶滚进大海里。］

［林立虎此时看着小弟，随机将头扭过来，将扑克抛向空中撒向大海。］

阿豪入画：林总，回国的护照和机票都已经准备好了。

林立虎又看了一眼照片（连文远掼蛋文化馆前两人合影）：我这兄弟如今不知道怎么样了！

掼蛋文化馆　　日　　内

［黄昏时刻，两辆车子停在掼蛋文化馆门口，此时掼蛋馆里打牌的都已经散去，阿金正在向连文远请教掼蛋技巧。］

林立虎从车里下来，随后跟着的是阿豪及一群小弟，众人堵在掼蛋馆门口，林立虎回头对着自己手下说：这可是我三年没见的好兄弟啊，来来，弟兄们，叫连叔。

［林立虎手下都在嘲讽。］

［连文远看见林立虎，气得浑身颤抖，一时间说不出来话，阿金站在连文远身边。］

林立虎：义远兄，别来无恙？我可是特意回来看你的。

［林立虎环视一周。］

林立虎：我今天来是正式邀请你参加这次全国掼蛋大赛的。

连文远：林立虎，我没有你这个见利忘义、背信弃义的兄弟，我再也不会上你的当了。

林立虎：哈哈哈，还是当年的脾气。听说你女儿在一家证券交易所炒股，真有出息，不过要小心哦，现在社会可不安全，哈哈哈。

［林立虎说完，转身上车离去。］

连文远着急地看着林立虎的背影，说：你不要动我的女儿，她跟我们的事没关系！

街上　日　外

［连蒙蒙回到了故乡河下古镇，看着周遭熟悉的景物，回忆涌上心头。］

（回忆）棋牌室　日　内

［掼蛋馆里，有五六桌人在打牌。］

［连文远也正在打牌，激战正酣，吞云吐雾。］

［正在上高中的连蒙蒙穿过人群，找到了爸爸。］

连蒙蒙：爸，学校开家长会，老师让你去一趟。

连文远看也不看连蒙蒙：让你妈去，快去快去，我这边忙着呢。（接连打出一组牌）炸弹，三带二！

［连文远把手中的牌打完，赢得头游，哈哈大笑起来。］

［连蒙蒙看着连文远，失望地低下头。］

［她一直攥在手中的那张"红心K"掉落在地上。］

（回忆结束）

车上　日　内

［阿豪开着车，林立虎坐在车后。］

阿豪问：老大，为什么要让那个老东西来参加掼蛋比赛？

林立虎冷笑回答：你小子懂什么？他是掼蛋界的一面旗帜，拉他进来，能调动很多人在外围赌场下注，以连文远的影响力，到时候大部分人肯定买他赢，如果他输了我们就能大赚一笔。

阿豪问：他那么厉害，怎么让他输呢？

林立虎得意地解释着：哈哈，我自有办法。回去之后，就让阿香跟我做搭档。

掼蛋文化馆　日　内

［连文远和阿金、苗叔苗婶在打掼蛋。］

阿金：压死你！

苗婶：阿金现在有进步啊，打得不错！

［连蒙蒙进文化馆。］

连文远发现蒙蒙回来了，立刻放下手中的牌，开心地迎上来：蒙蒙回来啦！

［连蒙蒙不搭理。］

［阿金和苗叔苗婶感觉很尴尬。］

连文远又走近蒙蒙帮她拿行李箱：蒙蒙，你已经很久没回来了，老爸帮你拿吧！

连蒙蒙：不用了。

连蒙蒙拖着行李箱往里走，然后站定扭过头来：对了，听说有人要买这个掼蛋馆，这笔钱，属于我和妈妈的那部分我得拿走。

连文远：蒙蒙，谁说要卖掼蛋文化馆了？这馆在，掼蛋文化的阵地才在啊。

［苗婶尴尬的表情。］

连蒙蒙怒气：你眼里，就只有你的掼蛋！你就是天底下最不负责任的男人，最不负责任的父亲！

[连文远突然一阵眩晕。]

连文远：蒙蒙……（声音微弱）。

[连文远躺在地上，看着连蒙蒙的身影从视线里离开，他从口袋里掏出一张"红心K"的纸牌，痛苦地闭上眼睛。]

苗婶家　夜　内

苗叔苗婶相视一眼，苗叔：蒙蒙，其实你爸爸这么多年一个人撑着这个文化馆也挺不容易的……

[苗叔话还没说完被连蒙蒙打断。]

连蒙蒙：所以我现在让他把这个掼蛋馆卖掉有什么不对？这样他就不用再强撑着了，这样他也可以安心过他的晚年生活了。

[看到连蒙蒙态度坚决，苗叔给苗婶使了个眼色。苗婶看到后拉着连蒙蒙的手坐下。]

苗婶语重心长：蒙蒙，其实你爸爸这些年一直都很想你，这个掼蛋文化馆是你爸爸和你妈妈一辈子的心血……

连蒙蒙再次打断：当年就是因为他顽固不化，非要相信林立虎去比赛，才气死了我妈妈！我这辈子都不会原谅他！行了，苗叔苗婶，我还有事先走了。

[说完连蒙蒙走出房门。]

[苗叔和苗婶二人对视一眼，无奈地叹气摇摇头。]

饭店后院阿金住的小屋　日　内

[《熊出没》动画片镜头。]

[镜头拉开，动画片是由一款便宜的智能手机播放的，只见一个小男孩（乐乐）坐在一旁，不是在看，更像是在听。]

[阿金哼着歌，边穿上厨师服，边看向乐乐。]

阿金：爸爸要去做菜啦，你要乖乖的，饿了就到餐厅找爸爸。

[阿金边说边把手机拿起来，关掉。]

乐乐：嗯，爸爸，我什么时候才能看到熊大熊二啊？

阿金（有些为难）：等爸爸赚了钱，就带乐乐去医院做手术，乐乐眼睛治好了，爸爸带你去电影院看熊大熊二。

乐乐拍手欢笑：耶耶耶！爸爸好棒！

[阿金微笑地看着乐乐，心里却涌起一阵酸楚。]

苗婶家　日　内

[苗婶炒了两个小菜，连文远和苗叔在客厅喝酒，桌上放着金奖双沟大曲酒的酒瓶。]

苗叔喝了一口酒：老连，我想来想去，感觉林立虎来找你参加掼蛋大赛没安好心。

苗婶端一个小菜道：对，肯定有什么阴谋！

连文远：以我对他的了解，他又想把掼蛋作为赌博的工具，把大赛作为敛财的手段。

苗叔：那你还参不参加这次大赛？

连文远坚定地点点头：参加！我一定要粉碎他的阴谋，决不能让掼蛋沦为他赌博的工具。

苗婶：就是不知道林立虎有什么阴谋？

连文远：我有个想法。

苗叔：你说？

连文远神秘：你们过来……

饭店　日　内

[连蒙蒙和苗婶在一张餐桌旁坐着，桌上摆着几盘菜。]

[远处柜台上是金奖双沟大曲酒。]

苗婶：蒙蒙，其实没有人要买掼蛋文化馆，是我看到你爸爸太想你回来了，出此下策，诓你回来的。

连蒙蒙（蒙了）：啊？

苗婶：对不起，不过，你爸让我转告你，他为了你，同意卖掼蛋文化馆了。

连蒙蒙又一次蒙了，转不过弯：这不是他的命根子吗？

苗婶：但有一个条件，就是你要参加这次全国掼蛋大赛，并且拿到冠军。

连蒙蒙：什么？无稽之谈，我连搭档都没有，怎么参加？更何况我现在特别厌恶的就是掼蛋！

[阿金正在一旁提着一个开水壶给客人倒水，听到连蒙蒙这么说，突然冲到连蒙蒙面前，眼睛上下扫视连蒙蒙。]

阿金（盯着连蒙蒙胸）：美女，听说你是打掼蛋的天才？

连蒙蒙：你谁啊？你往哪里看呢？

[阿金收回目光，找了一个凳子，坐在连蒙蒙旁边。]

苗婶：这是那天在你家见到的阿金，是这个餐馆的大厨。

阿金：你不是缺搭档吗？你觉得我怎么样？毕竟我也不是什么人都能相中的，委屈一下自己我也可以接受。

连蒙蒙：不必了，你一个小厨子，参加什么比赛，还是好好炒菜吧！

阿金：听说拿了冠军，奖金有二十万哎，（阿金伸手搭在连蒙蒙的肩膀上）不要说金哥不照顾你，到时候我们三七分，我七你三，这种好机会可不是人人都有的，更何况我在掼蛋这方面可是个高手，这种事情我也没跟人提起过。

连蒙蒙（打断阿金说话，突然站起来）：起开，我相不中你！

[连蒙蒙说着把筷子往桌面一扔，转身冲出餐馆。]

苗婶（瞪了阿金一眼）：你啊，真是哪壶不开提哪壶！（苗婶追了出去）

阿金朝她们的背影喊：脾气那么大，实在不行六四啊，美女，加个微信啊。

[不料这时，林立虎的手下阿豪带着一群小弟走进餐馆。]

阿豪：这什么破地方，连一家好一点的餐馆都没有。

[乐乐跑进餐馆，寻找阿金。]

乐乐：爸爸、爸爸。

[乐乐从阿豪身边跑过，不小心撞到了阿豪，阿豪把乐乐摔在地上。]

[阿豪大怒，出手要打乐乐。]

[乐乐哇哇大哭。]

[阿金冲过来将乐乐护住。]

阿金：欸，帅哥，给个面子嘛，这是我儿子。

林立虎：你算哪棵葱？什么牛马都敢找我要面子了？

[阿金听得一脸蒙。]

[阿豪向几个手下使眼色。]

[几个手下立即上前要围殴阿金和乐乐。]

[周围的食客纷纷跑开。]

阿金为了保护乐乐，只得抄起凳子乱挥，阻止阿豪等人靠近，接着一凳子砸在阿豪身上，对乐乐大喊：乐乐快跑！

[乐乐急忙逃跑，然而还是被其他小弟拦住，阿金也被阿豪掐住脖子。]

阿豪对阿金道：年轻人不讲武德，为了掩护你儿子，偷袭我？那就别怪我也不讲武德，连你儿子一块儿教训！

阿金惊恐地看着一个小弟要打乐乐：不要！

[眼看乐乐就要被打，突然一只手（连蒙蒙）横着伸出，一把抓住那个小弟的手。]

连蒙蒙：住手！

[阿金一看，救人的正是连蒙蒙。]

小弟怒了：臭娘们，敢管老子的闲事！

不料连蒙蒙却不以为意地松开手，径直转向林立虎道：林立虎，不想我报警的话，带你的人走。

[小弟直接愣了，这娘们居然认识他老大。]

林立虎也是一愣，笑道：你是那个那个？

连蒙蒙：化成灰我也认得，当年就是你害了我爸和我，如今又想害别人？有我在，你做梦。

林立虎盯着连蒙蒙看了片刻，突然一拍桌子：想起来了！大侄女儿！

连蒙蒙：少套近乎！在我报警之前，赶紧走！

林立虎：既然大侄女发话了，我当然要给面子，但是出来混，我也是要面子的。这样吧，人，我不动，但这间店，我必须砸。

[连蒙蒙惊诧间，小弟们已经开始砸店。]

[阿金抱着乐乐惊恐地躲在角落。]

[林立虎气定神闲地就这么看着。]

（时空过）

[阿金护住乐乐，蜷缩在墙角，乐乐在哭。]

[连蒙蒙看到这场面，呆住了。]

[林立虎给了阿豪一个眼色。]

[阿豪从钱包拿出一沓钱，随手一撒。]

阿豪：破店，拿钱装修吧！走！

[阿豪等人簇拥着林立虎扬长而去。]

这时，林立虎又回头看向连蒙蒙，阴险道：听说你爸要卖掼蛋文化馆？你告诉他，我要了。

连蒙蒙：你怎么知道的？

林立虎：哈哈，听说连文远经营不下去，当然要卖了。

[林立虎说完走了。]

[连蒙蒙望着林立虎等人嚣张的背影，眼神变得愤怒。]

饭店门口　日　内

[餐馆老板站在门里边骂阿金，阿金站在门外，一脸怂样。]

餐馆老板：整天打牌打牌，好啊，现在连累我的店都被人砸了！

阿金：老板，有没有搞错？这店是那些混蛋砸的，和打牌没关系啊！

餐馆老板：什么没关系？你就是个扫把星！带着你的宝贝儿子，还有你的东西，滚啊！

[一个破烂的行李袋还有阿金炒菜用的锅和锅铲被老板扔了出来，阿金想要上前再跟老板解释，老板一把把阿金推倒在地。]

[阿金捡起行李袋、锅和锅铲。]

阿金环视一下四周对老板说：老板，我晚点回来照顾你生意啊，换个工作环境也蛮好的，不用送我，我先走了。

[说完，阿金抱着行李、锅和锅铲，拉着乐乐，有说有笑地离开了。]

老板一愣：脑子有毛病吧。

待拆迁危房区　日　外

[阿金一手拿着行李袋，一手牵着乐乐，乐乐手上抱着锅铲，父子俩落寞地走在路上。]

乐乐：爸爸，我们要去哪里啊？

阿金（蹲下来）：乐乐，老爸不想在饭馆干了，带你去一个新的环境生活。

乐乐：好耶，等乐乐眼睛治好了，一定会好好学习，长大了赚很多很多钱，给爸爸买一间大房子，这样老爸就不用很辛苦啦！

[阿金感动地一把将乐乐抱住。]

阿金：老爸也会努力，将来开一家餐厅，让乐乐过上好日子。

[这时，连蒙蒙刚好路过，看到阿金父子，她望着阿金父子，不禁想起自己与父亲的过去。]

（回忆）十年前的餐馆门口　日　外

[十年前的餐馆门口有一个炸鸡车。]

[小连蒙蒙拉着爸爸，吵着要吃炸鸡。]

连蒙蒙：我要吃炸鸡！爸爸给我买嘛。

连文远：爸爸的钱都在你妈手里呢。一会儿让妈妈给你买，好不好？

连蒙蒙：妈妈不让我吃炸鸡，说油不好，可我就想吃炸鸡。

连文远疼女儿：这样，等爸爸赢了掼蛋大赛，拿了奖金，一定给蒙蒙买好多好多炸鸡！

连蒙蒙：那你对着这张牌发誓！

[连蒙蒙说着拿出那张红心 K。]

连文远无奈地伸出手发誓：爸爸说话算数！别告诉你妈啊！

连蒙蒙开心地点头：嗯！

[接着，连蒙蒙牵着爸爸的手，开心地回家了。]

（回忆结束）

待拆迁破房子　日　外

[连蒙蒙在屋外，眼眶不禁湿润了，她靠着墙根，攥着手里那张旧了的红心 K，抬起头没有让眼泪流出来，接着默默离开。]

待拆迁破房子　日　内

[此时，破房子已经被整理过，破旧有序。]

[客厅有桌子和椅子，都是阿金从外边捡来的旧家具。]

[阿金正拿着油漆刷，在墙上画画，此时，他画的是一个大电视。]

[乐乐在一旁提着油漆桶。]

乐乐：爸爸，你在干什么啊？

阿金：我在装修我们的大彩电。

乐乐欢呼：呜——我们家有大彩电喽，我可以看熊大熊二喽。

[阿金又在一旁画了一个冰箱。]

阿金：这是我们的大冰箱。

乐乐欢呼：呜——我们有大冰箱喽。

阿金：对，冰箱里装满乐乐爱吃的水果和汽水。

乐乐：爸爸，乐乐饿了。

阿金：走，爸爸带你去买吃的。

小卖部　日　内

[阿金挑了一些方便面、可乐、苹果等食物，到收银台结账。]

小卖部老板：一共七十六元。

[阿金掏出钱包，翻了翻，又掏了掏口袋，发现钱不够，一脸为难。]

小卖部老板：怎么，钱不够啊？

[阿金尴尬地笑。]

乐乐：爸爸，要不我们不买了，乐乐不饿了。

[此时，连蒙蒙走进小卖部，看见阿金和乐乐正在结账。]

阿金（赔笑）：老板，能不能先赊账？

小卖部老板（嫌弃）：就几十块钱的东西，你不是吧？

阿金身后传来连蒙蒙的声音：我帮他付吧。

阿金回头，惊讶：欸，我有钱的。

［连蒙蒙拿出钱包，帮他们付了钱。］

［连蒙蒙看了一眼阿金，又看了一眼乐乐。］

阿金对连蒙蒙说：谢了。

（切空镜）

连蒙蒙发现乐乐眼睛好像看不见东西，也不敢问，对阿金说：等下去苗婶家里吃饭吧，你不是厨子吗，露一手给我瞧瞧。

阿金：那我就委屈一下自己吧。

苗婶家　夜　内

［阿金在厨房烧菜，乐乐在自己玩。］

苗婶：其实阿金也不容易，他的儿子乐乐患有眼疾，已经快要失明了。

连蒙蒙（看向厨房方向）：这家伙还有个儿子？

苗婶（低声）：是他捡来的。

连蒙蒙：乐乐是个孤儿？

苗婶：嘘——不仅乐乐，阿金也是个孤儿，在金湖那边吃百家饭长大的，去年流浪到我们这。乐乐更惨，出生才半个多月就被父母遗弃了，阿金把他从路边捡回家，这些年啊，他当厨师赚的钱都拿来给乐乐治病了。

连蒙蒙（自言自语）：原来，他那么想赢那笔奖金，是为了给乐乐治眼睛。

［阿金上菜，连蒙蒙和苗婶闭口。］

［连蒙蒙、苗婶、阿金和乐乐围坐在餐桌旁，一起吃饭。］

阿金（对苗婶和连蒙蒙）：快尝尝我做的菜好不好吃。

［连蒙蒙见乐乐不敢动筷子，夹了一块肉放在他碗里。］

连蒙蒙：乐乐，你吃。

乐乐：谢谢姐姐。

连蒙蒙开心：嘴真甜。

［大家一起开动，连蒙蒙尝了几口菜，觉得味道非常不错，加上真的饿了，狼吞虎咽地吃起来。］

（时空过）

［此时，苗婶到厨房洗碗去了，乐乐也到屋里睡觉了。］

［连蒙蒙和阿金相对而坐。］

连蒙蒙：你的厨艺不错，只要踏实一点，还是挺不错的。

阿金：其实我掼蛋也是个奇才，听说你从小就是掼蛋高手，上次我们商量去参加掼蛋比赛，你已经考虑好了吧，毕竟这种机会……

连蒙蒙打断阿金：只有不务正业的人才整天想着玩牌，你现在都这样了，应该好好工作，好好赚钱，把乐乐的眼睛治好！

阿金：掼蛋比赛的冠军有二十万欸，多好的机会，再加上有我这个高手，你赢的胜算很大的……

连蒙蒙：你闭嘴！

［阿金一脸蒙。］

连蒙蒙：真是烂泥扶不上墙！

［连蒙蒙生气地转身就走。］

阿金：欸……

［连蒙蒙走出房门，又重重关上门。］

［此时苗婶走了出来。］

苗婶：蒙蒙呢？

阿金：你也知道的，我掼蛋是个奇才，这种机会很少有的啊，她还不愿意，真是。

苗婶（坐下）：你啊，蒙蒙现在最讨厌的就是有人提掼蛋，她和连叔还僵着呢。你这榆木疙瘩，真是哪壶不开提哪壶！

阿金：苗婶，你能不能跟我说说他们父女俩的事？

苗婶：唉，这就说来话长了。

（回忆）淮安体育馆 日 内

［首届全国掼蛋大赛场景。］

苗婶旁白：那是三年前的事了，那一年，第一届全国掼蛋大赛在我们淮安体育馆举办，可以说是千人追捧，万人空巷，谁能赢得比赛，谁就能成为全国第一位掼蛋冠军，载入掼蛋史册。

［连文远和林立虎搭档与人对决的场景。］

［连文远拿着稳操胜券的一手牌，送给林立虎，林立虎就剩下四张牌，谁想到林立虎居然只出了一张单牌！］

苗婶旁白：连叔是那么信任林立虎，可惜林立虎还是背叛了他。后来连叔才知道，林立虎之所以出卖他，是参与了博彩外围，他下了重注，赌他和连叔输掉比赛。

［对手惊呆了，连文远也惊呆了。］

［对手兴奋，立刻发起猛攻，一连串牌打出去，取得头游。］

［连文远惊讶地看着林立虎。］

［林立虎冷笑一声，转身离场。］

（回忆结束）

苗婶家 夜 内

阿金：这林立虎太可恶了！

苗婶：打掼蛋的魅力就是牌有无数种组合，千变万化，不到最后都无法知道结果。它的精髓就是打配合，掼蛋打对家，信任大于天。连叔被好友背叛，就像心被刀捅了一样，从此有了心结，一蹶不振。家里大大小小的事情都不管，整日饮酒打牌，蒙蒙和她妈妈怎么劝都不听。不久之后，蒙蒙妈生病郁郁而终，从此，蒙蒙恨透了掼蛋，对连叔也心有怨恨！

阿金：没想到她也那么可怜。

娱乐室 夜 内

［林立虎坐在办公桌后，拿着那张"掼蛋文化馆"的照片在看。］

［阿豪走过来。］

阿豪：林总。

林立虎：事情进展怎么样了？

阿豪：正在稳步推进，只等掼蛋大赛开启，就马上可以运作了。

林立虎：嗯，内地不比国外，一定要小心，不要让条子盯上。

阿豪：林总请放心，我们绝不会留下纰漏。

阿豪看到林立虎手上掼蛋文化馆的照片，问道：林总，我们真要买那破掼蛋馆啊？

林立虎：对啊。

阿豪：买来干吗啊？

林立虎恶狠狠：改成地下赌场，彻底打掉连文远的自信心。

阿豪恭维道：您这是一箭双雕啊。

［林立虎得意地笑起来。］

掼蛋文化馆　　日　　内

［掼蛋文化馆里，连文远和连蒙蒙在收拾屋子。］

［林立虎和阿豪走了进来。］

连文远：林立虎，这里不欢迎你。

林立虎：怎么？你不是要卖掼蛋馆吗？我要了，你出个价吧。

连文远：我不会卖给见利忘义、背叛兄弟的小人！

林立虎：做人要审时度势，我不能和钱做敌人吧。蒙蒙越来越漂亮啦，有没有兴趣来我们公司上班呀？叔叔我可是还缺一个秘书哟。

连蒙蒙：你休想！

连文远：你这个混蛋，我打死你。

［连文远抄起身旁一个凳子，要打林立虎。］

［阿豪见状，一手按住凳子，一脚把连文远踢倒，连文远一个趔趄，摔倒在地。］

［连蒙蒙赶紧冲过去扶着连文远。］

连蒙蒙：爸，爸，林立虎，我跟你拼了！

［连蒙蒙冲上去，被阿豪控制住。］

[林立虎在连文远面前蹲下来。]

林立虎：当年有人出十万买我们输，就是因为你油盐不进，我才铤而走险赌了外围，结果我成功啦。你看看你，现在都混成什么样子了！老婆也没了。

连文远：打掼蛋是竞技活动，不是你的敛财工具。当初要不是你，蒙蒙妈也不会出事。

[连文远突然口吐鲜血。]

连蒙蒙：爸，你怎么了？

林立虎：今天我不跟你们一般见识，走！

[连蒙蒙扶起躺在地上的连文远。]

连蒙蒙：爸，我送你去医院。

医院病房　夜　内

[连文远虚弱地躺在病床上，连蒙蒙趴在床边睡着了。]

连文远轻微动了一下，连蒙蒙察觉到连文远醒了过来，问：爸，你醒了？

[拿水杯给连文远喝水。]

连文远：不用了，我得了绝症，医生也告诉你了吧？

连蒙蒙：爸，对不起，妈妈的事我不该怪你。

连文远：是我对不起你们，没有守护好你们。

[连文远从口袋里掏出那张"红心K"纸牌，递给连蒙蒙。]

[连蒙蒙哭着将纸牌接过来。]

连文远：蒙蒙，你答应我，一定要参加掼蛋大赛，粉碎林立虎赌博的阴谋，守住这间掼蛋文化馆。

[连文远闭上眼。]

连蒙蒙失声痛哭：爸！爸！我答应你，你醒醒啊！爸！

[连蒙蒙手中的"红心K"纸牌跌落在地，翻转到背面。]

[（特写）纸牌背面画着一家三口，分别是连蒙蒙小时候和父母的画像。]

待拆迁危房区　日　外

［一片危房区呈现在眼前，此时，一台钩机正在拆房。］

［阿金拉着乐乐（背对着镜头）呆呆地看着危房被拆迁。］

［阿金走到钩机旁。］

阿金：哎，老兄，我住这里的。

钩机司机：你没看到那么大个"拆"字吗？

［一面墙上写着大大的一个拆字。］

阿金：给个面子嘛，这房子拆了我没地方住了。

乐乐（哭泣）：老爸，我们的房子是不是没有了？

阿金：没事，老爸再给你找个新家。

林立虎办公室　日　内

［林立虎正在办公。］

［传来一阵嘈杂声，连蒙蒙硬闯了进来。］

林立虎：你是来找我报仇的吗？你不会认为你爸的死是我造成的吧？

连蒙蒙：我来是要告诉你，我决定参加全国掼蛋大赛。

林立虎（冷笑）：哦，好啊，我倒要看看，连文远的女儿到底学到了他几成功夫？

连蒙蒙：我今天来，还有一个目的，就是要和你打个赌。

林立虎：和我打赌？哼！我林立虎这辈子就没赌输过，你拿什么和我赌？

连蒙蒙：如果我拿了掼蛋大赛的冠军，我要你到我父亲的墓前磕头忏悔！

林立虎：如果你拿不到冠军呢？

连蒙蒙：那我就以市场一半的价格，把掼蛋文化馆卖给你。

林立虎：好，我答应你。

［连蒙蒙转身离开。］

林立虎（看着连蒙蒙的背影冷笑）：有意思。

连文远房间　夜　内

［台上，摆着连文远的遗照。］

［苗叔在连蒙蒙身后，一脸关切地看着她。］

［苗婶走过来，将一盒徽子交给连蒙蒙。］

苗婶：蒙蒙，我寄给你的那些徽子，其实都是你爸亲手做的，这一盒，他还没来得及寄给你。

［连蒙蒙接过徽子盒，眼眶湿润。］

苗婶：蒙蒙，你爸早就知道自己患了绝症，他故意让我告诉你要卖掼蛋文化馆的事，想最后见你一面。

［连蒙蒙，眼眶湿润。］

林立虎办公室　日　内

［阿香被小弟带到了林立虎办公室。］

［林立虎正在搭着扑克金字塔。］

阿豪：老大，阿香来了，有她跟你搭档，一定赢。

［阿香走进来。］

林立虎看着阿香，上下打量了一下：你来啦。

阿香：我需要一百万元。

林立虎的手放在阿香的脖颈上慢慢向下：答应你。

待拆迁危房区外　日　外

［乐乐抱着锅铲边走边哭泣。］

阿金背着行李安慰乐乐：爸爸马上就找到新工作了，到时候爸爸好好挣钱，一定把你的眼睛治好。

这时，连蒙蒙走了过来：你不是要参加掼蛋比赛吗？我答应你。

连文远家　日　内

［连蒙蒙看着手中的"红心 K"纸牌，泪流满面。］

［连蒙蒙面前的台上摆着连文远的遗照。］

［阿金在连蒙蒙身后，一脸关切地看着她。］

［苗婶走过来，将一盒炸鸡交给连蒙蒙。］

[（闪回镜头）连文远很用心地在做炸鸡，脸上浮现幸福的笑容。]

苗婶：蒙蒙，我寄给你的那些炸鸡，其实都是连叔亲手做的，这一盒，他还没来得及寄给你。

[连蒙蒙惊讶地接过炸鸡盒，默默地递给旁边的乐乐。]

（回忆）连文远家 老房子里　日　内

[小时候的连蒙蒙趴在桌子上，在一张纸牌背面画画，画的是她和爸爸妈妈。]

连文远（走过来）：蒙蒙，你在画什么呀？

连蒙蒙（赶紧把扑克牌收起来）：不给你看！

（回忆结束）

连文远家 老房子里　日　内

[连蒙蒙泪流满面。]

连蒙蒙：爸，爸！

[连蒙蒙瘫倒在地，苗婶和阿金赶紧将她扶起来。]

苗婶：蒙蒙，你爸真的很想在临死前见你一面。

[连蒙蒙痛苦地摇了摇头。]

院子里　夜　外

[连蒙蒙、阿金和苗婶3个人坐在院子里，看着天上的月亮。]

连蒙蒙打开连文远最爱喝的洋河酒，倒了一杯，一饮而尽：终于明白老头子为什么喜欢这个，还真不错。

阿金也倒了一杯，一饮而尽：那是，咱中国人到底还是喝自己的酒舒坦，比你喝的那些洋酒强多了。

连蒙蒙有点不屑：子非鱼安知鱼之乐？

阿金却回了连蒙蒙一句：你非我，安知我打掼蛋的快乐？

苗婶呛了阿金一句：你那叫瘾大水平低。

连蒙蒙却对阿金刮目相看，莫名其妙地问了一句：你读过书？

阿金惭愧：我参加过南师大中文自学考试，才过了五门。

连蒙蒙：那你参加自学考试的目的是什么？

阿金：想当作家。

苗婶大笑：拉倒吧你，厨子都没当好，还当作家？笑死人了。

阿金争辩：这叫理想。

苗婶反问：理想能当饭吃？

连蒙蒙若有所思：爸爸的理想是什么呢？

阿金脱口而出：掼蛋。

连蒙蒙：我一直都不明白爸爸为什么一辈子沉溺在掼蛋里。

阿金：一是因为你没有真正理解掼蛋，二是你对连叔误会太深。

苗婶：听说打掼蛋是连叔、林立虎、宋医生他们几个老头子发明的是吗？

连蒙蒙摇摇头：不是，我听爸爸讲过，打掼蛋最早是二十世纪 50 年代在我们河下古镇，南边到南闸、白马湖，东边到金湖，西边到洪泽这一地区流行的。

阿金插话：对，金湖是我老家，我小时候就知道打掼蛋。

苗婶不满地横了阿金一眼：不插话你会死啊？听蒙蒙讲。

连蒙蒙继续：我爸爸他们只不过是传承、改良、推广人，不能说是发明人。但掼蛋的魅力到底在哪里，我还没有搞明白。

阿金谆谆教诲的样子：就拿苗叔来说吧，他多年前沉迷赌博，输光家底还坐了牢，苗婶一个人承担起全家的重担。苗叔出狱后，经常来掼蛋馆打牌，但也从此戒掉了赌瘾，这就是活生生的例子。

连蒙蒙若有所思：我终于明白，爸爸为什么一辈子都要守在这间掼蛋馆里，他不是沉迷打牌，他是在守护大家对掼蛋的热爱和生活的希望。

阿金：是啊，所以我一直把你爸当榜样，不管是作为馆长，还是作为父亲。

连蒙蒙：那我给你个机会成为他啊？

阿金一愣：你说什么？

连蒙蒙笑：阿金，我要训练你，很辛苦的哦。

阿金：不是吧！

掼蛋文化馆　日　内

[连蒙蒙手里拿着扑克牌，向坐在凳子上的阿金讲述掼蛋的游戏规则。]

连蒙蒙：掼蛋一些基本手法，总结起来无非是理牌、拆牌、顺牌、顶牌、让牌和压牌。

阿金：这我都知道，我从小也是在掼蛋馆里长大的呀。

连蒙蒙：好，那我就教你一些我多年来总结的实战技法。

阿金：打开笔记本准备记。

（中间插入阿金玩牌的技法）

[情况不明、对子先行！最一开始；]

[逢五出二、逢六出三！剩牌；]

[七张八张、正常出夯，剩牌：夯三张连三张；]

[炸五不炸四、打七不打八，剩八张牌先不炸；]

[两个小单张、不打不健康：自己非常小的单张，尽早出；]

[枪打头一顺、轻易不组顺：第一顺压死；]

[有鬼打一张、无鬼打一夯：大王小王；]

[九张打一张、十张打两张：对方九张，出一张；]

[画面显示阿金和掼蛋馆其他玩家玩牌，使用技法的画面。]

[最后将对家打败。]

掼蛋文化馆　夜　内

[晚上吃饭。]

连蒙蒙给乐乐夹菜：多吃点乐乐。

阿金（对连蒙蒙说）：等这几天训练结束之后，我肯定就是高手了，冠军肯定稳拿了。

连蒙蒙（觉得阿金没那个实力）：那明天我们去找苗叔苗婶打一局。

掼蛋文化馆　日　内

[苗叔苗婶一起到来。]

苗叔：蒙蒙，听说你和阿金要参加比赛，我跟你苗婶过来测试一下你的实力。

［四人坐在桌子边，开始打牌。］

［阿金和连蒙蒙手里的牌不多了，苗叔苗婶还有很多牌。］

［这时阿金有点扬扬得意，把最后一个炸扔掉。］

［没想到苗叔扔了一个同花顺，连蒙蒙和阿金都要不起。］

［这时苗叔和苗婶你一个三带二，我一个三带二，你一个顺子我一个顺子……］

［苗叔和苗婶出完了手里的牌。］

［阿金直接把牌一扔。］

阿金：太难了，苗叔苗婶你们配合得太好了。以我这能力肯定进入不了决赛了。

［苗叔苗婶笑呵呵地看着连蒙蒙。］

苗叔：我跟你苗婶配合了好多年才有如今这般默契程度，你还要多练啊。

苗婶：蒙蒙，不要气馁。

［阿金无奈地接受现实，默默地盯着牌桌上的一堆散牌。］

曹山景区　日　外

［连蒙蒙、苗婶、阿金带着乐乐四人在散步游玩。］

乐乐看到前面有卖吃的，急忙拉着阿金上前：爸爸，我饿。

阿金看前面有卖吃的：走，我们去买吃的。

［连蒙蒙和苗婶看到后笑了。］

连蒙蒙：他倒是心宽，马上就要比赛了，现在一点都不着急。

苗婶笑笑：其实阿金也很努力，这两天晚上都来找我们陪他练习。

［连蒙蒙听到这里，看向远处的阿金。］

［阿金和乐乐开心地吃着小吃。］

苗婶：看来他是真的不想拖你的后腿啊。

苗婶突然话锋一转：蒙蒙，你觉得阿金怎么样？

连蒙蒙一愣：阿金？挺好的呀，人很好，很善良。

苗婶一笑：我不是这个意思。你说这些年你在外面一直忙着工作，现在也老大不小了，也该考虑成家了。你爸爸生前其实最不放心的就是你。

连蒙蒙：苗婶，你说什么呢？我现在哪儿有心思考虑这个啊。

苗婶半开玩笑：蒙蒙，实在不行，你把阿金招上门，做个上门女婿好了。

连蒙蒙：苗婶，你说啥呢。

阿金跑过来：你们说啥呢这么开心？这个很好吃，你们要不要买点？

[苗婶和连蒙蒙看着阿金手里拿着吃的边吃边说话，二人都被阿金逗笑了。]

苗婶家　日　内

[此时，阿金下家还剩六张牌。]

[阿金正准备打出一个对子，连蒙蒙把他拦住。]

连蒙蒙：不对不对，逢六出三，把这三个六打出去。

[阿金领悟。]

（时空过）

[几轮牌打过，连蒙蒙叹气。]

连蒙蒙：阿金，你知道为什么你打了十几轮从来没拿过头游吗？

阿金：我知道我牌技很差。

连蒙蒙：不，其实很多时候你的牌很好，但是你为什么老想着要保送对家争头游呢？为什么你就不想自己去争头游呢？

阿金：我……

连蒙蒙：因为你总是认为自己干什么都不行，所以只顾成全别人，委屈自己，这已经形成了一种自卑的惯性思维，这就是你的牌技一直得不到提升的原因。难道没有一件事让你对自己有信心吗？

[阿金默默拿起了锅铲。]

阿金：炒菜算吗？

苗婶家厨房　日　内

阿金一边开心地烧菜，一边念着口诀：逢五出二，逢六出三，枪不打四，打七不打八。

晚上阿金躺在床上心里念着：如果炸弹多，单张可能就多，如果顺子数量多，三带二数量就少，如果出完顺子剩下对子的可能性就大……

社区文化馆　日　内

[苗叔和苗婶正在牌桌上与阿金和连蒙蒙对决。]

[苗叔和苗婶仿佛有心灵感应一般，知道对方的牌，连连打出很好的配合牌。]

阿金：苗叔苗婶，你们好像能看穿彼此的牌一样，你们是怎么做到的？出老千吗？

苗叔：你才出老千，我们还用得着出老千吗？这是我们的特长，心有灵犀。

苗婶：是心灵感应。

苗叔：你就别骗孩子们啦，其实，我们是用眼神交流的。

[苗叔和苗婶眼神互相放电，苗叔和苗婶哈哈大笑。]

连蒙蒙和阿金都竖起了拇指：高！

苗婶：蒙蒙，阿金，不管在牌桌上，还是在生活中，你们不要把搭档仅仅当作是工具人，而是把他当作一个活生生的人看待，只有去了解你的搭档，充分地相信他，你们才能真正培养出默契，成为共同前行的伙伴。

[连蒙蒙愣住了。]

阿金（开心）：蒙蒙，听到没有，携手前行，来来来。（阿金说着伸手去拉蒙蒙）

连蒙蒙（翻白眼）：谁要跟你携手前行？

[阿金失望。]

苗叔：还不快去给我们泡茶。

阿金：好嘞。（阿金起身离开）。

苗叔（语重心长）：蒙蒙，你有一个致命的弱点，那就是不会真正地相信别人，这个弱点可能会在关键时刻让你付出代价。

[连蒙蒙若有所思。]

比赛现场　日　内

横幅：第二届全国掼蛋大赛

（镜头）会场赞助商竖幅：金奖双沟大曲主办，品牌标识。

女主持人：掼蛋全国大赛，时隔三年，再次举行。这次掼蛋大赛，由国内著名白酒品牌、来自掼蛋之乡的金奖双沟大曲主办。另外，特别感谢柬埔寨籍林立虎先生给予本次大赛特别赞助。

[林立虎起立挥手致意。苗叔苗婶反感林立虎。]

男主持人：第二届全国掼蛋大赛，现在开始。

[一组选手们打牌的画面。]

[连蒙蒙和阿金连克强敌的一组画面。]

[连蒙蒙和阿金又战胜一组对手，俩人击掌。]

[众人欢呼。]

众人：连蒙蒙！连蒙蒙！连蒙蒙！阿金！阿金！阿金！

女主持人：让我为大家介绍一下这次比赛非常有实力的连蒙蒙和金城组合。听说连蒙蒙是第一届掼蛋亚军连文远的女儿，这个金城听说之前是个厨师，不过看技术也还可以。

[林立虎和阿香连克强敌的一组画面。]

男主持人：这边的林立虎和阿香组合也非常厉害，听说林老板这几年在柬埔寨博彩业做得风生水起，这次回国收购了大量的文化馆。阿香一直很神秘，暂时没有任何信息。

男主持人：两队一路过关斩将，率先取得了晋级。

掼蛋文化馆　日　内

[一群掼蛋爱好者，聚集在这里，兴奋地看着比赛画面。]

观众1：蒙蒙好厉害呀。

观众2：你不说是谁的女儿。

观众3：乐乐，你爸也好棒。

乐乐听着直播，笑得很开心：爸爸加油！

林立虎办公室　日　内

［林立虎继续搭着扑克金字塔。］

林立虎：没想到连文远的女儿那么厉害。

阿豪：林总，如果连蒙蒙继续赢下去，可真要坏了我们的事呀。

林立虎：会坏事吗？我怎么觉得是件好事。她现在越顺利，押她的人才会越多。

［林立虎又放了一个扑克牌。］

阿豪：那决赛怎么办？

林立虎：我自有办法，到时候我会告诉你。

比赛现场　日　内

男主持人：今天的比赛结束了，下次比赛就是决赛了。看看谁能打进决赛。

［连蒙蒙和阿金又披荆斩棘赢得了决赛权。］

［同时林立虎和阿香也入围了。］

监控室　夜　内

［监控室内，技术人员阿强和几名技术人员在调试设备，一面墙上布满了屏幕，目前还没调试好都是黑的。］

［林立虎和阿香走进监控室。］

林立虎问阿强：设备调试的怎么样了？

阿强递给林立虎一个很小的可以藏在耳朵里的小耳机：已经快好了，到时候你戴上这个，就能听到我的声音，这样他们的牌是什么你都能知道。

林立虎：不错。

阿强：但是比赛开始后现场会更新信号干扰器，我需要十分钟左右才能破解掉。

林立虎：也就是说在比第一局的时候，我和你有可能联系不上。

阿强：但是第二局的时候肯定能联系上。

林立虎：好。

比赛现场 日 内

男主持人：本次决赛一共分为三局，谁率先取得两局胜利，谁就是本次大赛的冠军。每局结束后可以休息十分钟。现在比赛正式开始！

［两队在男主持人讲话时互相敌视着对方。观众和苗叔苗婶在现场聚精会神地看着。］

［比赛开始没多久双方牌局就到了白热化程度。］

［连蒙蒙手中还剩下三张牌，两张 A，一张 3。］

连蒙蒙（心声）：对面阿金手中已经没有炸弹了，对方只有上家林立虎手中理论上还有一个炸弹和单牌，我如果出单 3，下家就会用 A 顶住自己，然后把手中三带二出完夺得上游，如果出对 A，林立虎会炸了然后出单给下家，一样下家夺得上游。怎么办呢？

［连蒙蒙只有出单 A，让林立虎误以为连蒙蒙剩下一对牌，骗出林立虎手中的炸弹。］

［连蒙蒙出单 A，下家和阿金都不要。］

轮到林立虎出牌，林立虎（心声）：连蒙蒙手中肯定剩下一对牌，想用 A 冲刺，没那么容易。

林立虎扔出炸弹：想跑，没那么容易。

［连蒙蒙和阿金都不要，此时林立虎手中只有两张单牌，林立虎出了一张 K。］

［连蒙蒙用 A 压上。］

林立虎和下家都很吃惊，林立虎：什么？你把对 A 拆开来走的。

连蒙蒙：怎么？也没见你有多厉害嘛！这下你们要不起了吧！

［阿金笑出声来。］

［林立虎和下家一脸气愤。］

［连蒙蒙走出最后一张 3，夺得上游。］

［下家压上 A，再走出三带二，夺得二游。］

［阿金压上三带二，夺得三游，林立虎末游。］

［这样连蒙蒙和阿金再夺得 2 分，赢下了本局。］

比赛休息室　日　内

[林立虎、阿香回到休息室。]

阿豪：林总，来咱们网站参与博彩的人又多了十万，资金池已经达到了九千万。

林立虎：随着比赛的进行还会更多，这次就看阿强的了。

[一会儿林立虎和阿香的耳机传来了声音。]

阿强：林总林总，能听到吗？

林立虎：好了。

决赛现场及监控室　日　内

男主持人：现在比赛进入了第二局，这局如果阿金和连蒙蒙胜出的话，他们就会取得本次大赛的胜利。

女主持人：不过看林立虎胸有成竹的样子，这局好像很有把握。

[林立虎扬扬得意。]

[监控室内很多块屏幕都是现在监控的画面，其中一个屏幕正对着阿香的牌。]

监控室阿强：阿香的牌是一个 2，三个 A，两个 5，四个 7。

[阿香面无表情地听着。]

阿金：顺子。

林立虎：管上。

连蒙蒙：三个 K。

阿香：三个 A 管上。

……

[连蒙蒙还剩两张单牌 A、K。]

监控室内阿强：连蒙蒙还剩一个 A，一个 K。

[林立虎听到耳机声音。]

[阿香听到耳机声音。]

[林立虎打出对 3。]

连蒙蒙诧异（心想）：他怎么知道自己一定不是对儿？

比赛休息室　日　内

连蒙蒙坐在椅子上：我就剩两张牌的时候，林立虎怎么知道我一定不是对儿？

阿金：我手上的牌他们好像也知道得一清二楚。

连蒙蒙推测：应该是他们监视了我们的牌。

连蒙蒙：我去找大赛主办方，让他们做一下检查看看比赛大厅有没有摄像头。

阿金：嗯。

[连蒙蒙走出房间。]

比赛现场　日　内

男主持人：现在我们怀疑大厅内有人安装监控装置，偷偷看牌，比赛暂停15分钟，技术人员检查一下。

[技术人员拿着探测器，对比赛桌子和吊顶进行探测。（道具用类似金属探测仪的设备）]

比赛休息室　日　内

[阿金正在思考着刚才的牌局。]

这时林立虎走了进来：阿金，听说你儿子的眼需要做手术，有需要就开口。我在美国有认识的朋友，听说手术成功率能达到九5%，国内的成功率听说只有十%。

[林立虎发现阿金的鞋带开了，蹲下去给阿金系鞋带。]

[阿金不知所措。]

比赛现场　日　内

男主持人：经过检查，没有发现任何可疑设备，比赛继续。

女主持人：现在比赛进入第三局，这一局就会决定谁是本届的掼蛋之王。

女主持人：还有掼蛋王后。

男主持人：我觉得叫掼蛋皇后会不会更好？

女主持人：那干脆叫扑克皇后。

[比赛开始，林立虎得意出牌。]

[连蒙蒙想到了，她在工作时经常记证券大数据，这使她拥有了高超的记忆力。（回想画面：在办公桌前看数据。）所以她把牌扣在了桌子上，凭借记忆力，直接扣着出牌，这样摄像头就看不到牌了。]

[林立虎、阿香、阿金都很诧异。]

男主持人：连蒙蒙这是什么打法，从来没有见过。哇！这几张牌出得漂亮。

女主持人：但是今天阿金好像发挥失常，手里还有很多牌没出掉。

[阿金手里握着一大堆牌。]

[4人出着牌。]

连蒙蒙：同花顺。

男主持人：林立虎成功地把阿香手中的牌送出去，此时，阿香手中还剩下四张牌，正是掼蛋中最经典的"枪不打四"局面，一般在这种情况下，这4张牌是一个"炸弹"，意味着对手几乎无法阻止她打完所有的牌，取得胜利。

[阿香手里四个 A。]

[连蒙蒙手里还有一张大王。]

苗叔：根据现在的比分只要连蒙蒙取得头游，这场比赛就赢了。

林立虎耳机传来：阿香手里四个 A。

[阿香居然只出了一张单牌 A！]

[连蒙蒙出了最后一张大王。]

林立虎震惊：阿香你在干什么？

比赛现场　日　内

男主持人：我宣布，这届掼蛋的冠军得主是阿金和连蒙蒙。

[苗叔、苗婶和群众立刻欢呼。]

[阿香放下手中的最后三个 A。]

[连蒙蒙和阿金惊讶。]

林立虎怒视着阿香：你居然出卖我。

阿香：我一直试图接近你，就是为了这一天。

阿香：当年我父母在柬埔寨经营着八家掼蛋馆，都被你抢去，是你逼得他们跳楼自杀。

［林立虎要对阿香出手，几个警察立刻上去控制住林立虎，将其带走，观众一片哗然。］

组委会会长走上台拿起话筒：经过公安系统的数据搜查，发现参赛选手林立虎在柬埔寨一个网站组织外围赌博，我们将会配合公安局把违法犯罪分子一网打尽，希望大家一起净化比赛环境，远离赌博。

监控室　日　内

［监控室内的阿强等人，看到会场的情景，正要摘掉耳麦逃跑，被一群警察破门而入，直接按倒在地，带走了。］

连文远房间　日　内

［连蒙蒙站在连文远的牌位前，微笑地说着心里话。］

连蒙蒙：爸，我答应你的事，我做到了，我打赢了林立虎，你可以安息了。

连蒙蒙：爸，我终于知道你一直挂在嘴上的那句话的含义了。

连蒙蒙：掼蛋文化是一种竞技游戏，是一种让人愉悦心神的游戏。

大院子　日　内

［很多人在打掼蛋，不仅有老人、年轻人，已经治好眼睛的乐乐给大家倒茶水。］

［出牌声、喊牌声、欢笑声溢满了屋子。］

［连蒙蒙的镜头来到前院里一个小饭馆前。］

连蒙蒙（对着手机直播）：掼蛋文化，已经渗透到我们生活的方方面面，比如，这里就开了一家以掼蛋文化为主题的餐厅。

［招牌特写：枪不打四掼蛋主题餐厅。］

[（直播镜头）：阿金正端着几盘炒菜上桌，众人抢着品尝阿金的菜品。]

[背景电视里正播放金奖双沟大曲的广告：金奖双沟大曲，经典再现，名酒双沟。]

连蒙蒙：金大厨，和直播间的粉丝说两句？

阿金：呃，饭前不掼蛋，等于没吃饭！饭后不掼蛋，吃饱撑得慌！茶余饭后掼会儿蛋，生活在云上！

连蒙蒙：哟，把掼蛋吹得那么高大上，是谁给你的自信啊！

连蒙蒙（旁白）：生活有时候就像打牌一样，不是一个人的战斗，只有互相信任，密切配合，才能赢得人生这场大赛。你找到那个愿意与你做一辈子搭档的人了吗？

[升格画面：馆内每一个人开心地玩着掼蛋，脸上洋溢着笑容。]

[镜头由内到外拉远，画面最后定格在"枪不打四文化馆"的招牌上。]

（剧终）